辻堂魁

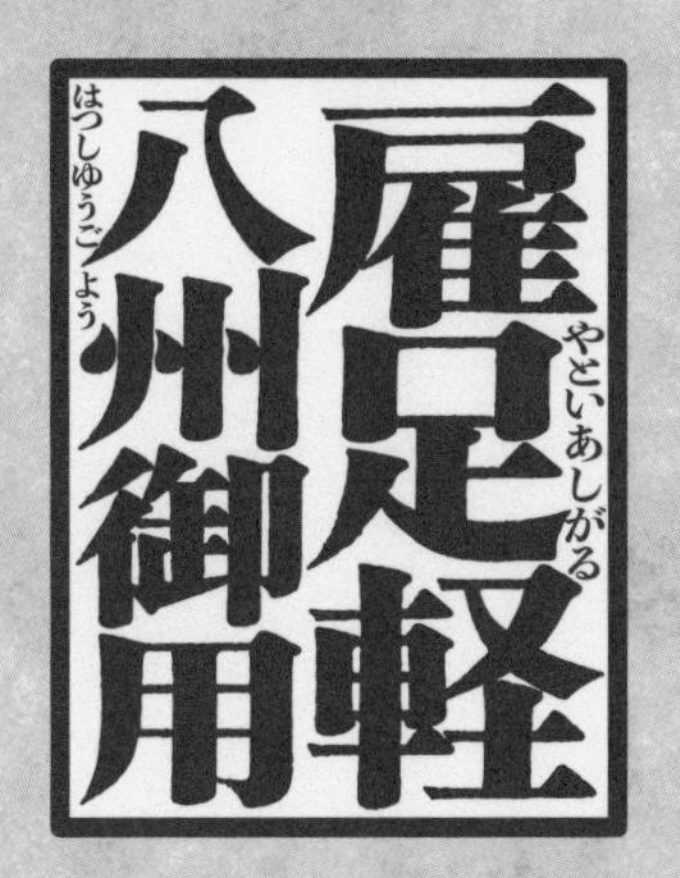

祥伝社

雇足軽　八州御用

雇足軽　八州御用

目次

第一話　八州様（はっしゅうさま）　7
第二話　御名差し（おなざし）　69
第三話　農間渡世　109
第四話　若者仲間　183
第五話　足柄峠（あしがらとうげ）　229

装画　宇野信哉
装幀　五十嵐 徹（芦澤泰偉事務所）

第一話 八州様

一

いつの間に……

竹本長吉は、声に出さず呟いた。気がつくと、天道が没した夕暮れの空に、三日月が鮮やかに掛かっていた。

文政十三年（一八三〇）三月、牛久沼の畔に続く芝原の細道は、夕暮れの紺青を映した鈍色に蔽われ、左手に静まる鏡のような水面は、濃密な銀色を照り返していた。水草の繁る対岸よりずっと彼方へと、田畑や原野、点在する小さな森影の眺めが、日の名残りの微弱な明るみの下に坦々と広がっている。

天道が常州の地平に隠れたあと、地平近くに帯を結んだ真紅の耀きが、雲ひとつない紺青へ溶けていくわずかな明るみの中に、まるで絵に描いたごとくの、白く透き通った三日月が浮かんでいたのだった。

三日月は日が沈むころ、西方の空に掛かり、半時（約一時間）余から一時（約二時間）足らずで沈む。その果敢ない美しさゆえに、人は古来より、三日月に託した望みは、やがて満ちてかなえられると信じてきた。戦場に赴く古の武将は、兜に三日月を飾って必勝を祈願した。

夕暮れの野に人影は見えず、水鳥の騒ぎも消えて、芝原の細道を踏む長吉らの足音だけが、牛久沼の静寂を破っていた。巣へ帰る数羽の鳥影が、三日月を北へかすめ、長吉は鳥影に誘われて、北の彼方にそびえる筑波の山嶺へ目を転じた。男体山女体山二峰の山上には、つい先ほどまで、沈んで間もない天道の残光がわずかに射していた。けれど、残光はほどもなく消え、筑波の山影をすべて薄墨色に塗り籠めた。

牛久沼は、周辺の小河川を集め、北と西の二方向より南へ沼地を広げてひとつになって南を流れる小貝川に灌流し、小貝川は大留村、羽黒村をへて利根川に落ちている。

その夕暮れ、牛久宿の寄場に、菅岡村はずれの見張り小屋で、廻り筒が開かれていると密告があった。廻り筒は銘々が筒（博奕の胴親）を取る土地の素人博奕である。関東取締出役、すなわち八州様の蕪木鉄之助率いる一手六名と、急遽、牛久宿の寄場に集められた百姓衆は七名、また菅岡村の道案内の目明し番太と子分ら五名の総勢十八名が、牛久沼東岸の、芝原に蔽われた細道を、北の菅岡村へと向かっていた。

数年前、牛久沼の漁業権を廻り、それを主張する牛久宿の願人と、願人の主張に反対する菅岡村など、牛久沼周辺諸村の間で対立があった。周辺諸村は、牛久藩勘定所に訴願状を提出し、牛久宿の願人のほうも譲らず、菅岡村はずれの牛久沼の畔に、密漁を監視すると称して見張り小屋を建て、番人をおいた。のちに、訴状の裁定が勘定所より下され、漁業権を廻る対立が和解にいたると、見張り小屋に番人はいなくなったが、空家のまま放っておかれた見張り小屋で、廻り筒が窃に開かれていると、周辺諸村では以前から噂にはなっていたのだった。

細道の先の榎が枝葉を繁らせる木陰に、石を置いた粗末な板屋根の見張り小屋が見えてきた。煙出しの窓からうす明かりが漏れ、丁半博奕に興じる男らの、昂ぶった遣りとりや喚声が途切れ途切れに聞こえた。

「八州様、あの小屋でごんす」

前を行く目明し番太が蕪木へ振り返り、小屋を指差した。

「よかろう。暗くなる前に済ませよう」

鉄之助が小声を投げた。

「お任せを。まずはおらと手下らが踏み込んでぶっくらせやす。お百姓衆は小屋の外を囲んで、逃げ出てきらった野郎をふん縛ってくだせい。よろしゅうがんすか」

「おう」

百姓衆の、抑えた声が応じた。

関東取締出役蕪木鉄之助、雇足軽の多田次治、同じく雇足軽の竹本長吉、小者の六兵衛、道案内二名の一手六名は、板戸を閉てた戸口の正面の、田のくろに陣取った。

鉄之助は両刀を帯び、唐草彫の銀鍍金に、浅黄の紐と房を垂らした十手を、脇にだらりと提げた。雇足軽の多田次治と竹本長吉も、やはり二本差しで蕪木鉄之助の左右に並びかけ、蕪木の後ろを木刀を腰に帯びた小者の六兵衛が固めた。この三名はそれぞれ朱房の十手を携えている。道案内の二人は、寄村が差し向けた土地の地理に明るい百姓で、捕物には加わらない。そのため、無腰で得物も手にせず、四人よりさらに離れて捕物を見守るだけである。

六名の後方は、東方の田地の向こうに、菅岡村の集落と木々が見え、西方の小屋の背後は牛久沼である。小屋の屋根の上へ高く榎が繁って、彼方の夕暮れの地平はまだ暮れなずんで真紅に燃えていた。

百姓衆は、小屋の正面と左右へやや遠巻きに散らばった。みな牛久宿の寄場に備えた刺股や突棒、六尺棒の得物を提げ、暗くなったときの用心に早や提灯を掲げていた。

小屋の中の者らは、関東取締出役の手入れなど思いも寄らず、外の異変にまったく気づいていない様子だった。

木刀を腰に帯びた目明し番太は、自前の鍛鉄の十手を手にし、四人の子分らは、袖を肩まで捲り、下帯が見えるほど尻端折りにして、手にした木刀を腰に溜め、親分の突入の指図を今か今かと待っていた。

目明し番太が蕪木のほうへ見かえり、鉄之助が無言で浅黄の房の十手を振った。

「よかっぺ。御用だ。ふんじゃぶれ」

目明し番太が喚き、子分らが板戸を勢いよく蹴り倒した。

中の者らが一瞬、呆気にとられた顔つきを戸口へ向けた。十人ほどの若い男ばかりだった。四人の子分らが雄叫（おたけ）びをあげて突入すると、慌（あわ）てて逃げ出す若い男らと、木刀を振り廻す子分らの乱闘が始まった。茶碗（ちゃわん）や徳利（とっくり）や駒札が投げつけられ、怒声、喚声、悲鳴が飛び交った。若い男が土間へ転がり落ちていく上から、子分が木刀を容赦なく浴（あ）びせ、若い男は頭を両腕で庇（かば）って転げ廻る。そこへ、別の若い男が子分の背中に蹴りを見舞い、子分がひっくりかえったその隙（すき）に、若い男は戸口を飛び出した。

ところが、戸口で待ち受けていた親分の番太が、片腕一本で若い男の首根っこを捕（とら）え、締め上げた。

「がきめ、そべりやがって」

番太は木偶（でく）を弄（もてあそ）ぶように、首根っこを右や左へひねり回した。

「あ痛だだ……」

若い男は呻（うめ）いたが、番太は腕を離さず、続いて逃げ出してくる者らへ十手を見舞い、ひとり目は外したものの、二人目の背中を、嫌というほどどやした。背中をどやされた若い男は堪（たま）らず転倒し、たちまち百姓衆に取り押さえられていく。

「とっぱずすんじゃねえぞ」

番太が小屋の子分らへ怒鳴（どな）った。

と、そのとき戸口から飛び出てきた子分が、親分の番太と衝突した。

「ぶっくらすど」

番太が喚いて子分を突き放したすぐ後ろに、よく肥えた大男が暴れ牛のように頭を低くして戸口をくぐり、遮二無二突進してくるのが見えた。

番太も胸板の厚い大柄な力自慢だった。だが、そいつは番太よりもっと大きかった。近在では大男で知られた、元相撲取りの若い男だった。

「ああっ」

番太は焦った。だが、大男の突進を躱す間はなかった。まともに頭突きを喰らって、目の前が真っ白になった。芝原の先の田んぼまで突き飛ばされ、次に気がついたのは、戸板に乗せられ、牛久沼の畔の細道を運ばれていたときだった。

夜空には無数の星が煌めいていた。

番太を突き飛ばした大男は、目をぱっちりと見開いた、まだ童子の面影を残した若い男だった。獰猛というよりは、怯えた目を血走らせ、獣のように唸りながら、前方の田のくろに陣取った出役の八州様のほうへ、ただひたすら突進した。目の前に立ちふさがる障害を突き破る一念しか、考えが及ばないのだ。

「なんだ、こいつは」

鉄之助は、大男の意外な行動にたじろぎ、一歩二歩と後退した。長吉と次治が逆に蕪木の前に進み出て、次治がしかめ面になって吐き捨てた。

「ちぇ、しょうがねえな」

「八州様の御用である。神妙にしろ」

長吉は大男を見据え、声を張り上げた。

しかし、興奮した大男は聞く耳を持たなかった。八州様と聞いていっそう気を昂ぶらせたのか、長い両腕を突き上げ、たちまち長吉と次治に迫った。

「手にあまれば討捨てろ」

後ろへ退いた鉄之助の、少し慌てた声が掛かった。関東取締出役は、抵抗する者を疵つけてもよし、討捨ても御免である。

次治が大男の勢いに焦って、先に十手で打ち掛かったのがまずかった。

大男は十手を顔面に受けたのもかまわず、分厚い掌を次治に叩き込んだ。被っていた菅笠が砕けて飛び散り、次治は悲鳴を残し、田のくろから荒起こしをした田んぼへ、潰れるように転がり落ちた。

長吉は、続いて浴びせかけてきた大男の掌を、風圧を受けながら身をかがめて躱し、大男の肉づきのいい足の膝頭へ、十手をしたたかに見舞った。

「痛えっ」

大男が束の間怯んだ隙に、すかさず、身をかがめたまま大男の脇をくぐり抜けて背後へ廻り込み、太い首筋へ腕を巻きつけた。

大男は六尺（約一八〇センチ）余の巨漢で、長吉は五尺七寸（約一七一センチ）足らずの痩身である。大男は首筋に巻きついた長吉の腕をつかんで軽々と背負い、左右へ揺さぶり、打たれた片足を引き摺りつつ、鉄之助と小者の六兵衛のほうへ、なおも突き進むのを止めなかった。

小柄な小者の六兵衛は、十手で打ちかかろうとするが、大男の振り廻す長い腕を恐れて手が出せない。鉄之助は十手を腰に戻し、刀の柄に手をかけて抜刀の体勢をとり、じりじりと後退を続けていた。

百姓衆は小屋から逃げ出す若い男らを、ひとりでも多く取り押さえるのに、手一杯だった。

「もうよせ。大人しくしろ」

背中の長吉が、大男をなだめて言った。

途端、大男の足の運びが遅くなり、よろけ出した。長吉の裸締が太い首筋の血脈を止め、大男の意識を急に遠退かせていた。

それでも懸命に足掻き、長吉を少し揺さぶった。だが、間もなく足が止まり、両膝を地面に落とした。長吉が巻きつけた腕を離すと、どしん、と俯せになった。

長吉は、大男の様子を確かめた。それから小屋のほうを見遣った。

野良着の三人の若い男が後手に縛られ、戸口に坐らされていた。番太の子分らは、戸板に寝かせた番太の周りに集まっていた。

牛久沼の彼方の夕焼けの真紅は、ようやく消え、沼の畔はいっそう暗みを増していた。百姓衆の提げた提灯の明かりが、田野の彼方此方（あちこち）で彷徨（さまよ）うように揺れていた。ほかの若い男らは、どうやら逃げ遂（おお）せたらしい。

西の空の三日月は、まだ掛かっている。

ふらつく足どりで田のくろへ上がってくる次治に、長吉は手を貸してやった。

「一巻の終りかと思ったぜ」

次治が腹立たしげに言った。

長吉は何も言いかえさず、西の端に沈みそうな三日月を見つめていた。

「六兵衛、百姓衆を呼べ。こちらにもひとり倒れておる」

鉄之助が、不機嫌そうに命じた声が聞こえた。

二

文政十二年（一八二九）十一月。

竹本長吉は、馬喰町（ばくろちょう）二丁目の附木店（つけぎだな）に両引きの腰高障子（しょうじ）を開いた請人宿（うけにんやど）にいた。

請人宿は、表戸から奥へ長い通路のような前土間があって、前土間の片側が八畳の店の間になっていた。店の間に並べた三台の文机（ふづくえ）に、担当の請人宿の手代と求職者がそれぞれつき、ひそひそと遣り取りを交(かわ)している。

その三台の文机のひとつに、請人宿のお仕着せを着けた若い手代と長吉が、相対していた。手代は文机の帳面を、気乗りしなさそうにめくりながら、

「お侍(さむらい)さんは、むずかしいんですよ」

と、語尾の「よ」にかすかな憐(あわれ)みと嘲(あざけ)りをにじませて言った。長吉より十歳ほど若そうな、二十代後半ごろの、顎(あご)の細い顔をしかめていた。

「今の勤め先で我慢したほうが、いいと思いますよ。竹本さんがお侍さんにしては珍しく勘定に明るいようだから、殿山(とのやま)さんの勤(つと)めが決まったんです。殿山さんのご亭主は気性のさっぱりした方で、お侍さんでも請人さえちゃんといるなら別にかまわないよと、仰(おつしや)ってくださったんです。それでやっと決まった勤めじゃありませんか。人足仕事ならありますけどね。お侍さんが人足仕事は、つらいんじゃありませんか」

「はい。それはもう、お雇いいただいただけでもありがたいことと、重々承知しております。まことにありがたかったのですが、勤めてみますと、どうもわたしには、向いておらぬのかなと……」

手代と向き合った長吉は、ひたすら恐縮し、言いにくそうに言った。

「勤めが向いていない。ならよすってわけですか。竹本さん、甘いですね。お気楽でよろしいですね。でもね」

と、また語尾を上げて、今度は子供に言い聞かせるように言った。

「自分に向いてる勤め先や奉公先が、そう簡単に見つかるなら、どなたも苦労はしません。自分に向いていなくても、我慢して勤めているうちに、働けば廻るんです。我慢もせずに成果だけを求めるなんて、世間を舐めちゃいけませんよ」

「いや、決して世間を舐めてはおりません。成果というほどではなく、暮らしていける方便さえなんとかなればと、思っておるだけでして……」

「暮らしていけることこそが、成果じゃありませんか。うちみたいな請人宿に、働き口や奉公先を探しにくるお侍さんが、一国一城の主に出世するなんて、誰も思っちゃいませんから」

すかさず嫌みを返され、長吉は閉口した。

確かにそうだ。転業の相談にきたのが間違いだったかと、肩をすぼめた。

「で、竹本さん。正直言いますとね、うちも半季で殿山さんに斡旋した手前、まだ二月がたったばかりで転業を申し入れられても、はい承りました、ご要望はってえわけには、いかないんですよ。殿山さんの勤めの何が向いていないというか、気に入らないというか、そいつをお聞かせいただけませんか」

はあ、と長吉は吐息をつき、言いにくそうに眉をひそめた。

「殿山さんは紙屋さんですので、問屋さんから、麻紙、檀紙、杉原紙、薄墨紙、奉書紙、半紙折紙切紙などの仕入れと販売、お得意さん廻りに接客、収支勘定、帳簿付け、それからお得意さんの注文の配達、行商もやらねばなるまいなと、覚悟はしておりました。わたしは国で、地方の農村廻りの役目に就いており、農民は紙も漉きますので、紙のことなら少しはわかります。それで殿山さんの仕事を仲介していただきました。その折り、殿山さんは、金融業、すなわち高利貸も営まれておられ、そちらのほうの仕事も、ときにはあると、聞かされてはおりました」

「はいはい。殿山さんが紙屋さんの傍ら、頼まれれば、資金繰りなどの相談に乗り、融通をなさってておられると、それはお伝えしましたよ。竹本さんもご承知だったでしょう」

「はい。承知はいたしておりました。おりましたが、わたしは勝手に、殿山さんのご主人が、紙屋さんの生業の副業と申しますか、片手間程度に、高利貸も営んでおられるのだろうと、推量しておりました。ところが、実情は殿山さんの本業は高利貸にて、紙屋さんは表向きの看板にすぎず、わたしの仕事は、借金の取りたてでした。どうやら殿山さんのご主人は、わたしが勘定に明るいのはどうでもよく、二年半前まで侍奉公をしておりましたゆえ、ご主人の取りたての護衛役と申しますか、用心棒に雇われたのです。ですので、それ以外にする仕事は何もないのです。紙屋さんの営みは形ばかりゆえ、お客さんは滅多にきませんし、昔からお勤めの下男さんがおられ、下男さんおひとりで、十分間に合っております」

手代は文机の帳面を、ぱらり、ぱらり、と不服そうにめくった。

「ただし、紙屋さんの仲間には入っておられるようです。詳しくは存じませんが」

長吉が取り繕うように言うと、

「仲間に入るのは当然でしょう」

と、手代は素っ気なく言い返した。

「高利貸と言うと、取りたてに容赦ない酷い金貸を連想しますが、要り用の事情のある方に要り用を用だて、相応の利息を得ておられるのです。悪事を働いているのではありません。お金を貸して人の役にたち、自分も儲ける。ごく当たり前の世間の営みです。それを、ほんのひと握りの、道にはずれた業者と一緒にするのは、殿山さんに失礼ですよ」

「一緒になど、決してそんなつもりで申してはおりません。そう思われたなら、お許しください」

「殿山さんの利息は、おいくらですか」

「年利で一割三分、と聞いております」

「一割三分なら、世間並みの利息ですから、別におかしくないのでは」

「繰り返しますが、金貸業がおかしいとか、間違いだと、言うておりません。ですがわたしは、紙屋さんにお雇いいただいた、と思っておりました。勤めが借金の取りたての護衛役や用心棒ならば、そういう勤めだと、勤める前に言っていただければ、よかったのです。勤めを始めてから、仕事が違っていたというのは、筋が通らぬのではと思うのです。子供が泣いている前で、店から金日の物を運び出すのは、あれは応えました」

ふん、と手代は鼻を鳴らした。そして、文机の帳面に目を落とし、

「お侍さんは、むずかしいんですよね」

と、さっきと同じことを、さっきより投げ遣りな口振りで言った。手代の話はずれていたが、まあよい、また河岸場の人足仕事をやるか、と長吉は沈黙した。

前土間の横木や店の間の梁、店の間続きの帳場の間仕切の鴨居にも、求人の引札がべたべたと貼ってある。昼下がりの刻限で、さほど混んではいなかったが、前土間にも店の間にも、貼紙を読んだり、斡旋の順番待ちをしている男女が、十人以上数えられた。帳場の帳場格子にお仕着せの番頭がいて、気むずかしそうな顔つきを帳簿に落としている。

「いたし方ありません。それでは」

と、長吉が立ちかけたとき、手代が帳面をめくる手を止めた。そして、

「あ、これがありましたね。竹本さん、雇足軽の口がひとつありますが、そういうのは……」

と、上目遣いに長吉を見つめた。

「雇足軽？　武家の足軽奉公ですか」

「武家の足軽奉公とはちょっと、いや大分違うかな。期間は一ヵ年。従来のお屋敷勤めではありません。竹本さん、八州様はご存じですか」

「関東取締出役の八州様ですか」

「それです。八州様はおよそ一年かけて、関東の農村を隈なく巡廻なされます。おひとりの八州様が率いる一手は総勢六名で、その中に雇足軽が二名従っております。八州様の家来ではなく、勘定所の臨時雇いです。と言っても侍は侍ですから、侍としての勤めは果たさないといけませんがね。八州様のお指図の下、関東八州のあらくれ相手に、命を的に掛けて大立廻りってえことも、あるんでしょうね」

ぐふふ……

と、手代は少しふざけて言った。しかし、長吉が真顔で見つめると、帳面に目を落とし、口調を改めて続けた。

「ただし、従来の武家奉公とは違いますので、禄や扶持はありませんよ。手当が一日銀一匁に、旅費などの諸費用が、勘定所持ちというだけです。それと、翌年も続いて雇われるかどうかは別です。当然のことですが、それは本人の働き次第ってえことです。まあ、一季奉公ということになります。八州様が直々に面談なさいますが、行ってみますか」

文政年間、大工の手間賃は一日銀四匁二分ほどであった。裏店の店賃は最低ランクで四百文程度で、銀なら五匁ぐらいである。すなわち、銀一匁はおよそ八十文。二八蕎麦十六文。三八蕎麦二十四文。茶漬一杯七十二文を取る茶漬店があったし、文化年中に流行り始めた鰻飯は二百文は取った。

しかし、一日銀一匁でも旅費などの諸費用が勘定所持ちなら……

「行きます」

と、長吉は即座に返答した。

「まだ決まっていないと思いますが、念のため確かめてきます。少々お待ちを」

手代は帳面を持って文机から離れ、帳場格子の番頭のところへ行った。番頭は帳簿から顔を上げ、手代の差し出した帳面をのぞき、二、三度頷(うなず)いた。手代が店の間の長吉へ手をかざすと、気むずかしそうな顔を長吉に向け、気むずかしそうな目つきを寄こした。

三

そこは、竪(たて)川北岸の二つ目を横切り、相生町(あいおいちょう)五丁目と緑町(みどりちょう)一丁目の境を北へ折れ、二町（約二一八メートル）ほど行った武家屋敷地であった。界隈(かいわい)は家禄(かろく)の低い御家人(ごけにん)屋敷が多く、どの屋敷も片開きの木戸のある古びた板塀に囲われていた。それでも、多くの屋敷の庭には、柿や榊(さかき)や桂(かつら)、もちの木などの落葉樹や常磐木(ときわぎ)が、塀よりずっと高く幹を伸ばしていた。

御家人蕪木鉄之助の屋敷は、冬の午後の日射しが、板塀際の榊の葉に降っていた。東向きの木戸から、主屋の表戸まで長い前庭があって、表戸の南側に、折れ曲がりの濡縁(ぬれえん)と腰付障子を閉てた部屋が見えた。長吉は戸前の庇下(ひさしした)に立ち、

「申し、申し、こちら、関東取締出役蕪木鉄之助様のお屋敷とうかがい、お訪ねいたしました。わたくしは……」

と案内を請(こ)うた。人の気配はあったが、すぐに返答はなかった。再び声をかけた。

「はい、ただ今」

戸内に返事が聞こえ、着物の裾(すそ)を絡(から)げ、股引(ももひき)を着けた年配の小柄な男が現れた。五尺七寸足らずの中背の長吉を見上げる恰好(かっこう)で、名前と用件を質(ただ)した。改めて名を名乗り、用件を伝え、請人宿から預かった書付を差し出した。男は束の間に、朝、月代(さかやき)を綺麗(きれい)に剃(そ)ってきた頭の天辺から、青朽葉(あおくちば)の袷(あわせ)に、黒鞘(くろざや)の両刀を帯びた小倉の紺無地の半袴(はんばかま)、藺(い)の草履(ぞうり)をつけた白足袋(たび)の爪先までを見下ろした。そして、すぐに顎のない丸顔を上げ、北国生まれの色白で、やや下がり眉(まゆ)の童子のような丸い目と中高な鼻筋の下の、ぷっくりとした赤い唇(くちびる)のひと筋に、顎骨が張って丈夫そうな長吉の相貌(そうぼう)へ、頬(ほお)をぐにゃりと歪(ゆが)めて、皺(しわ)だらけの笑(え)みを寄こした。

「承りました。では旦那さまにうかがって参ります。少々お待ち願います」

男は書付を受け取り、長吉を庇下に待たせ、一旦戸内に引っこんだ。ほどなく現れ、表土間続きの二畳ほどの寄付きから、南側の折れ曲がりの濡縁に、腰付障子を閉てた六畳(じょう)間に通した。

「畏(おそ)れ入りますが、お腰の物をお預かりいたします」

男は長吉の両刀を預かり、長吉が着座した部屋の後ろの隅に逆さに立てかけた。

まだ高い午後の日が南側の腰付障子に射し、火の気がなくとも十分に暖かかった。足音が聞こえ、地味な鶯色を着流した、やはりどちらかと言えば小柄な、年配の侍が部屋に入ってきた。侍は小刀を腰に帯び、大刀は左手に下げ、請人宿の書付を前襟に差していた。一間（約一・八メートル）余を隔てて長吉と対座し、大刀を右脇に寝かせた。書付を抜き出して膝の前に置くと、ごほん、と咳払いをひとつした。

「竹本長吉と申します。馬喰町の請人宿《勝山》の紹介を受け、本日、参上いたしました。何とぞ、よろしくお願いいたします」

長吉は手をつき、畳に頭がつきそうなほど低くして言った。

「蕪木鉄之助です。竹本さん、手を上げてください」

低い声に張りがあった。長吉は手を上げ、鉄之助との一間余の間に目を落としたまま、蕪木の風貌をそれとなく窺った。

日焼けし節くれだった指の手を膝におき、少し猫背気味の痩せた上体を、やや前に傾げて、やはり日焼けした顔を、凝っと長吉に向けてきた。才槌頭のうすくなった髷には、白いものが大分目だった。太い眉の下の目をぱっちりと見開き、獅子鼻の大きな鼻と、口角を折り曲げて唇を一文字に結び、頬は痩けて顎の鰓の張った角張った顔が、老練で一徹な気性を窺わせた。

こういう侍だったか、と長吉は淡(あわ)い懐(なつ)かしみのような感慨を覚えた。と言って、何がなぜ懐かしいのか、朧(おぼろ)ではあった。

しばしの沈黙が続いた。鉄之助は何も訊(たず)ねず、長吉をただ凝っと見つめているばかりである。沈黙がだんだん気まずくなってきたころ、応対に出た裾を絡げた男が、盆に載せた蓋(ふた)つきの碗を運んできた。男は黙って長吉の膝の傍らに茶托(ちゃたく)と碗をおき、主人にもそうした。すると、鉄之助が口角を下げた閂(かんぬき)をはずして唇をゆるめ、男に言った。

「六兵衛、おまえもここにおれ」

「へい」

と、六兵衛と呼ばれた男は、意外そうな様子も見せず、主人の後ろに控えた。鉄之助は長吉へ向き直り、ぱっちりと見開いた目を、心なしやわらげた。

「竹本さん、この六兵衛はわたしと同い年で、貧乏御家人の蕪木家に、十代のころから下男奉公をしております。今年五十六歳で、年が明ければ五十七歳になる爺(じい)さんです。侍ではなくとも、わたしとは気が合いましてな。二十数年前に今の役目を仰(おお)せつかった折り、気心の知れた六兵衛を、一手に加えました。ときにもよりますが、出役は一年に及ぶ長旅になる場合もあるので、わが身の廻りの世話も含めて、気を許して任せられる六兵衛がいれば、何かと都合がよかろうと考え、そうしたのです」

と、鉄之助はお道化(どけ)てか、それが普段の当たり前の振る舞いなのか、膝の前の勝山の書付を指先で、穴が空きそうなほど、ぎゅっと押さえて見せた。

「竹本さんが一手に加わるとなれば、仮令、下男であっても、六兵衛は先達の傍輩になります。よって、先達の六兵衛にも面談させ、竹本さんがわが一手に相応しい方かどうか、六兵衛の考えや見極めも、考慮するつもりです。これまでの方々にもそうしてきました。竹本さんもよろしいですな」

「どうぞ、よろしいように」

長吉と六兵衛が笑みを交した。

「まずは、勝山の紹介状によれば、竹本さんは越後宇潟藩浪人三十八歳、とある。そう若くもないその歳で、浪人は厳しいですな。浪人はいつから、また何ゆえ国を捨て、江戸へこられたのですか」

鉄之助が質した。

「わたしは、宇潟藩郡奉行配下の地方の下役でした。三年前、上役にある咎めが殿様より下されて役を解かれ、配下の者も多く連座によって職を失いました。すなわち、わたしもそのひとりでした。浪々の身となった侍は、国にいても暮らしがむずかしく、天下の江戸ならば、暮らしの方便も見つかるのではと考え、妻と子を里に帰し、一昨年の文政十年（一八二七）、わが身ひとつ江戸に出た次第です。江戸に出て二年余に相なります」

「妻と子を里に残して。それは気がかりでしょうな」

「幸い、妻の里は村名主ですので、里に戻れば、肩身は狭くとも暮らしてはいけます」

「名主の。なるほど。それで、竹本さんの上役は、いかなる咎めを受けられた」

はい、と長吉は続けた。

「宇潟藩では、寛政のころより領内流通の振興を図り、また領内通貨の不足と藩財政の窮乏を補うため、宇潟城下の豪商を札元に起用し、藩札を発行いたしておりました。寛政から、享和文化のころまでは、藩札発行が幕府三貨との差が開かぬよう、慎重に節度を保っておりましたが、文政期にいたり、財政窮乏による藩政たて直しを図るという名目で、藩札の乱発が行われました。当然のごとく、藩札の値が下がる一方のため、藩札によるお上の領内のお買い上げに、領民の不平不満が募っておりました」

「藩札の乱発が、大名家の台所勘定を歪めた話は、よく耳にしております。ゆえに、幕府は大名家の藩札の発行を、本来は、期限を切って許しておるのですがな」

「上役が咎めを受けましたのは、領内の米のお買い上げに使われた藩札が、半年ほどで半値以下に値を落とし、反発した農民らが城下の札元の店を襲い、怪我人や死者を出す事件が起こりました。上役が農民の取締過怠の責めを負わされたのです。と言いますか、むしろ上役が農民らを扇動した、と疑いをかけられたのです」

「疑いをかけられて、上役はどうなったのですか」

「切腹を申しつけられました。配下のわれら下役の多くも、上役を諫めず同調したとして、禄を失い、浪々の身となった次第です」

「そう言えば、三年かそこら前に、越後のどの藩でか、打ち毀しがあった噂を聞きましたな。あれは宇潟藩だったたか。まあこの節、一揆や強訴愁訴、打ち毀しは諸国で頻発しておる。珍しい話ではありませんからな」

「事件については、もう少々こみ入った事情があります。それもお答えいたしますか」

長吉が言うと、鉄之助は口元をぎゅっと結び、考える様子を見せた。それから、

「まあ、よかろう」

と、あっさり言った。

「遠い異国の、何年も前に終った事情を詳しく伺っても、かかり合いのないわたしにはちんぷんかんだ。要は、竹本さんがいかなる人柄か、人物を見極めることができればよいのです。では、郡奉行配下にて地方の下役だったのなら、農村の事情には詳しいのですな」

「日々、農村廻りが役目でした。農村廻りは慣れております」

「それは都合がよろしい。農村の事情を何も知らんのでは、この仕事はむずかしい」

そこで鉄之助は、勝山の書付を再び手に取って開き、目を通した。

「今の住まいは、両国の米沢町三丁目の千蔵店とありますが、この千蔵が町家住まいの請人ですか」

「国を出るとき、親しい知人が同情を寄せてくれ、江戸に着いたら、米沢町の千蔵さんを訪

ねるとよい、江戸の町家住まいの世話をしてくれると、助言をくれました。千蔵さんは同郷の方で、父親の代に江戸に出て米問屋に十年ほど奉公したのち、米沢町に米屋と春屋の表店(おもてだな)を開いて商(あきな)いを始め、千蔵さんは二代目です。千蔵さんの代になって、同じ米沢町の地面を手に入れ、そこに裏店(うらだな)を建て、米屋と春屋を営(いとな)む傍ら、地主と家主を兼ねておられます。出府いたしましたのは、一昨年の晩秋、文政十年の九月です。千蔵さんの世話になり、米沢町の裏店に住まいを定め、はや二年と二ヵ月がすぎました。これという勤めが見つからず、店賃(たなちん)が滞(とどこお)りがちで、千蔵さんは気になさらずに、と言ってくださるのですが、心苦しくてなりません」

「そりゃそうだ。世話になった上に店賃も満足に払えぬのはつらい。面目ないもんです。ま、茶を一服なされ」

長吉は温(ぬる)くなった番茶を一服した。六兵衛が長吉に、また笑みを寄こした。腰付障子に映る午後の日射しが、少し傾いている。

やがて、鉄之助が猫背気味の上体をさっきよりも前に傾げ、ぱっちりと見開いた目を長吉に凝っと向けて言った。

「関東取締出役がいかなる御役目か、ご存じと思ってよいのですな」

「幕府の関東取締出役の役目を知ったのは、地方の見習すら始まっていない十代のころでした。関東農村に無宿(むしゅく)や悪党が跋扈(ばっこ)し、住人に難儀をかけているゆえ、八名の関東取締出役が任じられ、それぞれが関東一円の農村を隈なく巡廻し、厳格な取り締まりを行っていると、聞いておりました。宇潟藩七万石の藩領は、関東の広大な御領地とは比較になりません。その関東八州の治安を正す役目を負って、およそ一年をかけて巡廻なさるのですから、幕府の御領地の広大さに、ただただ呆れ、感心したことを覚えております」

「関東取締出役が置かれたのは、文化二年（一八〇五）の六月で、始めは一両年の臨時の御役目でした。それが、御役目を終えるどころか、今年は二十五年目になります。三年前の文政九年（一八二六）に、従来の八名に臨時取締出役二名が任じられて十名十手になり、それも当分は続くでしょうな。広大な関東八州の農村を巡廻するのに、元々手が足りなかった。十名十手でも足りないくらいだ」

鉄之助は、しばし考える間をおいた。それからなおも問いかけた。

「しかしながら、関東農村に跋扈する無宿悪党を取り押さえるなら、代官所が当たればよい。代官所は支配地の年貢人別、普請や救恤を分掌する地方と、無宿悪党の取り締まり、治安の維持強化が役目の公事方があって、公事方を強化すれば済む。にもかかわらず、幕府の勘定所は取締出役をわざわざ置いた。その理由はご存じか」

「関東は、天領私領寺社領が細かく入り組んでおり、天領に支配地が限られた代官所は、統一した取り締まりがむずかしいと、聞こえておりました。そのため、天領私領寺社領を問わず廻村し、事件の探索と罪人の捕縛に当たる関東取締出役を新たに置いたと、そのように」

「あはは……地方の役目をちゃんと務めておられたのだな。六兵衛、竹本さんはよくご存じだ」

「へい。よくご存じで」

六兵衛が長吉に笑みを寄こし、答えた。

「それもある」

鉄之助は言った。

「ほかにも、理由があるのですか」

「おそらく、宇潟藩も同じ悩みを抱えていたと思うが、関東農村の人が減じておるのです。殊(こと)に安永(あんえい)から天明(てんめい)にかけて、場所によっては、六割近くも人がいなくなった。文化文政の世になっても、関東農村の人の数は減るばかりで、好転する兆(きざ)しは見えない。怪我に病気、老いて寿命が尽き、あるいは悪(あ)しき習わしの間引(まびき)などと、命が失われる理由は尽きない。しかしだ、じつは、関東農村の人が減じておる理由は、人がいなくなったからだけではない。百姓の多くが帳外(ちょうはず)れとなって無宿あるいは山伏(やまぶし)となり、ある者は江戸へ出て、またある者は村から村へと彷徨い歩く渡世人(とせいにん)となるなど、宗門も人別も持たぬ者は、逆に増えておるのです。みな死に失(う)せしにはあらず、と寛政の御改革を始められた、老中松平定信(まつだいらさだのぶ)公はそのように言われた」

「宇潟藩でも、旱魃(かんばつ)や洪水、虫や稲の病気などの天災による不作凶作の末、農民の耕作放棄や離村が跡を絶ちませんでした。山間の小さな村が、男も女も年寄りも子供も一村の住人のすべてが、忽然と姿を消した跡は、無残で不気味な光景でした。われら地方の手抜かりが、このような事態を招いたと、思い知りました」

「地方の手抜かりは、つまりはお上の政の縮尻と言わざるを得ない。関東一円を彷徨い歩く無宿が増え、宗門も人別もない江戸の裏店の住人が増えれば増えるほど、関東の村々から農地を耕す農民の姿が消え、荒れ果てた農地が広がっていくのですからな」

長吉は頷いた。

「しかし、このまま手を拱いているわけにはいきません。よってこれまで、公事方勘定所は、農村の復興策を数々打ち出しました。間引きの禁止と子供には奨励金の給付、奉公人や出稼人に、年季がすぎれば帰農を促し、自活できぬ者に自活できるまで手当を与え、刑余の者にすら、水戸道や日光道の宿場女郎衆を女房に娶らせ、耕作放棄の荒れ地に送り込むなど、あの手この手と施策を講じ、すなわち……」

鉄之助はぱっちりと見開いた目を瞬きもさせず、長吉へ向けて続けた。

「文化二年の六月、関東取締出役が臨時に置かれたのも、関東農村の復興策のひとつなのです。出役が関東八州を放浪する無宿を、有無を言わせず取り押さえ、罪を犯した者は江戸の公事方勘定所へ差し出し、罪がない者は素性の確かな引取人に引き取らせる。要するに無宿人狩ですな。無宿人どもを厳しく取り押さえ、関東農村より一掃し、無宿を出さぬよう治安維持を強化する。始めはそれが狙いだったのです」

そのとき、縁側に閉てた腰付障子に、さっと鳥影がよぎった。鉄之助は、午後の白い日と庇の影を映す腰付障子へ目を投げた。しかし、すぐに長吉へ向き直り、唇をへの字にして癖のある笑みを寄こした。

「つい、くどくどと申しました。口数が多いのは性分でして、六兵衛にも時どき、たしなめられるのです。役目については、これぐらいにしておきましょう。役目の話をくどくどと聞かされても、退屈なだけですからな」

「いえ。関東取締出役の置かれた狙いに、合点いたしました」

「さようか。ならばよかった。むだ話でもなかったわけだ。ところで、あれの腕前のほうはいかようかな」

と、鉄之助は、部屋の隅に逆さに立てかけた二刀を指差し、口角をさらに下げた。

「侍奉公ですので、剣術の稽古は城下の道場で人並み程度には、いたしました」

「何流を稽古なされた」

「地味な田舎剣法の一刀流を、少々」

「田舎剣法でも、免許皆伝とか」

「いや、それほどでは」

長吉は首をかしげ、苦笑いをした。

「長く続けていれば、師範代ぐらいになったかもしれませんが、地方の見習が十六歳の年に始まり、道場の稽古は続けられなくなりました」

「十六歳で地方の見習を。なるほど。では、真剣で斬り合いになったことは」

「真剣を抜くのは、刀の手入れのときだけです」

「ふむ。刀の手入れのときだけか。無論、無闇に刀を抜いて無宿人どもを斬り捨てるわけではないので、人並みの腕前でよいのですがな。とは申せ、中には大逆を犯して人相書の廻るお尋ね者もおるゆえ、両刀がただの飾りというのでもない。ときには、命知らずのお尋ね者相手に斬り結ぶ、ということも無きにしも非ずだ。その覚悟がいるが……」

「元より、侍のたしなみは心得ております」

「でしょうな。じつを言うと、わたしも刀を抜いて斬り合ったことはありません。刀の手入れもあまりしていない。はは。わかりました。勝山の紹介でこられたのだからご承知だろうが、念のためにお伝えしておきます。雇足軽の給金は、一日銀一匁、勘定所より支給されます。わが一手六名に足軽として加わり、年明けの正月早々に出立いたす。およそ一年、肥溜の臭いを嗅ぎながら、関東の農村を巡廻するのです。給金も安いし、休みもない。無宿相手の捕物は、たぶん、あるでしょうな。しかしながら、仮令、雇足軽でも、勘定所雇上げの侍勤めゆえ、途中で嫌になっても、江戸に戻ってくるまでは、投げ出すことはできません。雇上げは一年。翌年の雇上げについては、時機を見て改めて決める。そんなところです。よろしいか」

「はい」

と、長吉は頭を垂れた。

「竹本さんがお訊ねになりたいことは、ありますか」

「ご返事はいつ、いただけますか」

「追って沙汰をします。それだけで？　ならば六兵衛、竹本さんをお見送りしなさい」

鉄之助は、勝山の書付と脇に寝かせた刀をとり、そそくさと部屋をあとにした。

長吉は下男の六兵衛に見送られ、榊の木が板塀より高く枝葉を伸ばす傍らの、片開きの木戸へ踏み石を伝った。日はまだ高いものの、大分西の空へ遠ざかっていた。冬の青空が広がって白い雲が浮かび、鳥の囀りがどこからともなくのどかに聞こえた。

「では」

木戸に手をかけたとき、

「竹本さん、明後日の昼のご都合は、いかがですか」

と、六兵衛が長吉の背中に声をかけた。

「明後日の昼？　蕪木様のご返事をいただけるのですね」

長吉は六兵衛へ振り返った。

「いえ。もうおひと方、足軽勤めの多田次治さんが、出役のご挨拶に見えられます。その折りに竹本さんと顔合わせをしたいと、旦那様は仰っておられます」

「わたくしを、お雇いただけるのですか」

「旦那様は、もうそのようにお決めです」

「しかし先ほど、追って沙汰をすると」

「勝山の紹介状をご覧になって、面白い浪人者がきたと、感心しておられました。わたくしに見送りを指示したらそういうことだと、言われておりました。でございますので、わたくしが今、旦那様のお沙汰を、お伝えいたした次第です」

「そうなのですか」

「妙に思われたかもしれませんが、戯（たわむ）れでも、勿体（もったい）をつけられたのでもございません。旦那様はお若いときから、初対面の方には照れ臭いと申しますか、きっぱりと物を言うのは気が引けると申しますか、そういう性分なのでございます。どうぞ、お気になさいませんように。それにいたしましても、初めて面談にこられた竹本さんに、旦那様があれほど長々とお話になるのは、珍しゅうございます。余ほど竹本さんのお人柄を、気にかけられたのでございますね」

「六兵衛さんが面談に同席なされて、これまで、そういう方はいらっしゃらなかったのですか」

「存じません。と申しますか、これまでご浪人さんが何人か見えられましたが、旦那さまの面談に同席を命じられましたのは、今日が初めてですので」
六兵衛が頬笑んで言った。思わず、長吉は破顔した。

四

年が明けて、その年の十二月一日、天保と改元される文政十三年の正月十日、関東取締出役蕪木鉄之助率いる一手四名は、夜明け前の暗い早朝、本所相生町五丁目北の、蕪木鉄之助の御家人屋敷を出立した。鉄之助の妻、蕪木家をまだ継いでおらず、妻も娶っていない二十九歳の倅、同じ御家人の家に嫁いだ妹娘とその夫、そして、蕪木家に通いで奉公をしている下女の五人が、およそ一年近くに及ぶ出役の長旅を見送った。

中背でやや小太りの蕪木鉄之助は、月代を綺麗に剃った才槌頭に菅笠を被り、焦茶の背裂羽織に朽木縞の野袴、黒の手甲脚絆、黒足袋草鞋掛。両刀のほか、銀磨き唐草彫に浅黄の紐と房をつけた十手を腰に帯びている。

鉄之助の前を、小者として一手に従う小柄な六兵衛が、提灯の灯を鉄之助の足先へ差し向け進んでいく。六兵衛の扮装は、一文字笠を被り、紺木綿の上衣を尻端折りにし、黒の手甲と黒股引、黒足袋草鞋掛。腰の角帯へこちらは鍛鉄を磨いた赤房の十手を差し、葛籠を連尺で背負っている。

鉄之助に従う雇足軽二名のうちのひとり、多田次治は、長吉より上背のある痩せた男だった。煤竹色の上衣の背中に旅の荷物を括り、太縞の袴の股だちを取った下に脚絆を巻いて、黒足袋草鞋掛に、一文字笠を被った旅慣れた姿を見せていた。同じく一文字笠を被った雇足軽の長吉は、かすかに鼠がかった地味な青鈍の木綿の上着と黒の手甲、鉄色の小倉袴の膝頭の上まで股だちを取って、黒い脚絆をきりりと絞り、黒足袋草鞋掛に旅の荷物を背負った拵えは、越後宇瀉の村々を巡廻していた地方役人の面影が、彷彿とした。

雇足軽は出役同様、十手と両刀を腰に帯びているが、小者の六兵衛は、木刀を一本と十手である。十手は三名とも、鍛鉄を磨いて朱房を垂らしていた。

一手は出役ひとりに、雇足軽二人、小者ひとりで、このほかに道案内を二人従え、一手六人だが、二人の道案内は、巡廻する土地の村役人、または身元の確かな百姓が務めるため、土地ごとに案内人は交替した。

本所の屋敷を出立するとき、案内人が待つ最初の寄場まで、一手は四人である。文政十三年初春、出役の蕪木鉄之助五十七歳。小者の六兵衛五十七歳。雇足軽の多田次治四十四歳。竹本長吉は三十九歳だった。

竪川の土手道に出て、中川のほうへ折れた。東の空の果ては、まだほんのかすかな明かりも兆していなかった。正月十日の早朝の寒気は、冬と変わらず厳しく、四人の吐息が、提灯の微弱な灯に白く映っていた。

中川の逆井の渡船場を渡った。

中川を越えると朱引の外、すなわち御府外の葛飾郡である。逆井村から、葛飾郡の田んぼ道を江戸川の渡船場がある上今井村へ向かった。江戸川を対岸の伊勢宿村へ渡っていたころ、東の空の果てに朝焼けが燃え、黒い天空が次第に紺青色に溶け始めた。

江戸川を越え、本行徳宿をすぎ、次の船橋宿にいたる道中で、すっかり夜が明け、春は名のみの寒気の中に、朝の日射しがきらきらと降りそそいだ。一斉に目覚めた鳥たちが、野や林で賑やかに鳴き騒いだ。

船橋宿を出て佐倉道と上総道の追分を、上総道へとった。道中の馬加村、検見川では、村境から村境まで、村の番太と子分らが道案内を務めた。その日の午後、下総千葉郡の千葉に到着した。

千葉は、周辺四十数箇村が組合になった寄村の中心で、千葉村の名主が寄村の大惣代を務め、惣代屋敷が寄場を兼ねていた。

三年前の文政十年、幕府勘定所は関東八州に御取締御改革の法令を発し、水戸、川越、小田原の三領を除いた、天領私領寺社領の区別なく、三十箇村から五十箇村をひと括りに、御改革組合村の編成を命じた。関東取締出役支配下に御改革組合村、すなわち寄村を置き、関東農村を流浪する無宿の取り締まりと、治安維持強化を図った。

寄村の中心になる場所が、寄場である。寄場の多くは寄村の中の宿場に設けられた。しかし、惣代の屋敷に置かれることもあって、寄場役人が詰め、惣代が指図して寄村の運営に当たった。

屋敷内には牢と白州を備え、捕物道具も揃っていて、寄村内で起こった博奕に喧嘩、盗みや殺し、徘徊する無宿、無頼の徒、罪人を取り締まって牢に収監し、白州で取り調べも行った。捕物には、各村々の目明し番太と子分らを使った。

鉄之助ら四人が到着すると、寄場は急に慌ただしくなった。役所になる寄場のほうではなく、一旦、惣代屋敷の広い座敷に通され、惣代を筆頭に寄場役人の一同が現れた。

「八州様、新年早々の御出役、ご苦労様でございます。当寄村の惣代を申しつかっております嘉右衛門でございます。こちらにおります者は……」

惣代の嘉右衛門が辞儀を宣べ、寄場役人の名をひとりひとり上げた。

「本日は長旅のあとでございますので、このままご休息をなされ、お調べは明日以降にいたしますか。それとも、茶などを一服なされたのち、すぐにお調べを始められますか、お指図願います」

「出役は始まったばかりで、大して疲れてはいない。休息は無用だ。支度が整ったらすぐに始めよう」

と、鉄之助が嘉右衛門らを促した。

鉄之助の調べは、寄場の白州を見おろす執務部屋で行われた。

出役の調べは、無宿の改め、賭博や事件などの報告、風俗取り締まり、河川普請の検分、鉄砲改め、酒造制限、倹約の奨励が守られているか、また、農民の農業以外の余業、農間渡世の実情調査など、村民の暮らし振りを、寄場役人から聞き取りをして、惣代と寄場役人に云々と対応を指示する。ときには、出役自身が一手と寄場役人、目明し番太とその子分らを率いて、事件や事故の調査、容疑者の捕縛に向かう場合もある。

ただし、無宿人については、全て有無を言わさず取り押さえ、罪を犯したことが明らかなら江戸送りを命じ、罪を犯していない無宿は、素性の確かな引取人に引き渡した。

鉄之助は、寄場役人の差し出した日録をめくりつつ言った。

「酔っぱらいの喧嘩と、近隣のもめ事、農作物の盗難、それと、女房が亭主の頭を薪で割って怪我を負わせたか。ほかには、借金返済をめぐるごたごたで、額が二朱。事件と言うても、村役人が立ち会って、示談なり調停を進めるなりで、方のつくことだな」

「まことにさようで。当寄場に八州様が出役になられましたのは、一年半振りでございます。これといった災いやら、不穏な出来事もなく、まことにありがたいことと、ご先祖様に感謝いたしております」

総代が福々しい顔つきを見せて言い、居並ぶ寄場役人らも一様に頷いた。

「下総や上総、安房は百姓衆の人柄が穏やかな所為か、凶悪な刃傷沙汰や、追剝強盗の類が少ないし、無頼な無宿人らの徘徊も見られない。もう二十五年前に出役が始まって以来、変わっておらず、上州野州、それから武州人の気性の険しさとは、大分違う。中でも上州と野州の出役は、殊に念入りにならざるを得ないが、と申して、両総安房の巡廻をおろそかにしているのでもないのだがな」

「正しき御政道のお蔭をもちまして、つつがない日々を送ることができております」

「無宿人の徘徊はどうだ」

日録をめくりながら聞いた。

「無宿どもにつきましても、各村々に触れを廻し、村に入れて禍の種にならぬよう、番太どもに強く命じております。茂作、去年の秋の暮れごろ、近くの村にも無宿が何人か、流れてきたことがあったな」

「は、はい」

茂作と呼ばれた寄場役人が、ひょっこりと頭を持ち上げた。

「去年の九月の末でございます。寒川村の境に二人連れの旅人が現れ、寒川の番太が用を問い質したところ、佐倉の貸元の広蔵を訪ねる途中と申しました。二人とも長脇差の一本差しで、無宿渡世に違いございません。番太は、ここで無理矢理追っ払って無宿の恨みを買い、あとでもめ事を起こされ、万が一にも住人に害を及ぼしては拙いと考え、自分ら番太がつき添って、村の番太から番太へ申し送り、寄村内を通りすぎるだけなら通してやると伝えますと、不満そうながら、それでいいと応じましたのでそのようにしたと、寒川村の番太の報告がございました」

「無宿どもを、それ以後に見かけた知らせは受けておりません。こちらの牢も、去年は酔っ払いをひと晩、それから親の心配をよそに、七、八人が連んで悪さばかり働いておる不良どもを、親が引き取りにくるまで、三日ほど入牢させておいたのに使った、それぐらいでございます」

「そうか。それぐらいならよかろう」

鉄之助が自ら出向き、探索や捕物は言うに及ばず、検分調査などをする事柄も認められなかった。房総の三州や、常陸、相模などは、鉄之助が出役に任じられて以来ずっと、村々の名主や村役人の聞き取りだけで、巡廻を終える場合が多かった。

それでも翌日は、寄場役人が選んだ道案内二人も加わった六名と、宿場役人に村々の番太と子分らが案内役を引き継ぎつつ、寄村内の幾つかの村を巡廻し、農間渡世の実地検分を行った。

幕府勘定所は、農民は農業を専らにすべしと、この関東農民の農業以外の余業、農間渡世を抑制し、出役に厳しく目を光らせるよう命じていた。

検分を終え、午後の八ツ半（三時頃）すぎ、惣代屋敷の寄場に戻ると、惣代屋敷では酒宴の支度が調えられていた。明日早朝、次の寄場へ出立する旨を寄場役人に伝えてあった。道案内二人も入れた一手六人と、惣代を始めとする寄場役人全員が揃い、また寄場の助役の百姓衆も下座に膳を並べた酒宴が開かれた。豪勢な珍味が並び、酒はなんと高価な下り酒が振る舞われ、検見川の芸者衆まで呼ばれ、賑やかなことこの上なかった。

五

翌日の早朝、千葉村の惣代屋敷を、次の寄場へと出立した。房総の浦々を右手に望みつつ上総道をとって、八幡から上総に入り、陣屋のある五井をへて、姉崎宿の寄場を目指した。姉崎は市原郡である。

道案内の二人が前を行き、出役の鉄之助、すぐ後ろには小者の六兵衛がつき従い、雇足軽の次治、そして長吉が一手六人の殿に続いた。

関東取締出役は、一村一村を見廻るのではなく、寄村の寄場から寄場へと巡廻していく。

道案内の二人は、地元の地理に明るい村役人か、素性の確かな百姓が選ばれ、寄場ごとに、あるいは村ごとに交替した。道案内の給金と旅費は、寄村が負担した。給金は十両から二十両と、寄村の大小によって違っているが、どちらにしても、一日銀一匁の雇足軽とは比べ物にならなかった。

江戸の人足稼業でさえ、一日三匁から四匁ぐらいである。しかも、寄村の選んだ道案内は、道中の村々で捕物があっても、捕物の手勢には加わらなかった。捕物の汚れ仕事の御用は、村ごとに雇っている目明し番太と子分らが、出役の指図を受けて務めた。

　目明し番太と子分らは、出役の一行が村を通過するとき、隣村の境から次の村の境まで、必ずつき従ったので、出役の一手は案内人を入れて六名でも、実際はもっと多くの人数が、ぞろぞろと道中を行く。

　寄場の多くは、寄村内を通っている街道の宿場にあった。出役は寄場にある宿場の旅籠（はたご）に宿をとった。宿代は出役が支払うが、むろん、雇足軽や小者の雇給同様、旅費は全て勘定所の負担である。文化文政のこの当時、一日の旅費は、宿代や道中の茶代まで見積もって、八十文から百文ほどが人並みであった。次治と長吉、六兵衛の旅費は、三人合わせて大よそ二百六十文から二百七十文ほどで、まあ、世間並みの下のほうの待遇である。

　しかし、雇足軽と小者でも、関東取締出役の御用を務める役人である。余得がないわけではなかった。

　その日、鉄之助率いる一手六人は、姉崎の宿場へ、日が大分西に傾いた遅い午後に着いた。姉崎には、近在三十数箇村が組合う寄村の寄場があった。

　惣代と寄場役人の出迎えを受け、そろそろ夕方の刻限のため、調べは明日朝から、ということになった。

「では八州様、本日は宿をお取りになり、ひと風呂浴びて旅の疲れを癒（いや）し、ゆっくりお寛（くつろ）ぎください。明日朝、迎えの者を行かせますので。ささ、八州様とご家来衆を、宿へご案内して差し上げなさい」

惣代が寄場の若い使用人に命じ、客引きの留女のかけ声が、彼方此方に聞こえる宿場を旅籠へ向かった。板葺屋根や茅葺屋根の旅籠が、往来に並んでいる。

途中、道案内の二人が鉄之助に言った。

「八州様。わたしどもは姉崎までででございます。姉崎の道案内さんと交替いたしますので、ここでいとまをさせていただきます。八州様の旅のご無事をお祈りいたします」

「そうか。ご苦労だった。嘉右衛門どのによろしく伝えてくれ」

鉄之助がねぎらい、道案内は宿場の方角を変えて去っていった。

「あの二人、道案内の役目を終えてほっとしてるんだろうな。今夜は羽目を外して、宿場女郎衆と、梅の香りのほんのりと、あだな桜に恋のふち、てな腰つきだぜ」

次治が道案内の二人からにやにや顔を長吉に戻してささやきかけた。そして、

「こっちはどうかな」

と、長吉をからかうように言った。

「どうかな、と申しますと」

長吉は聞き返したが、次治は鼻で笑って、それ以上は言わなかった。

出役の巡廻が通るときは、定宿にしているという小振りな旅籠に案内された。往来に向いた店の間の格子窓から、島田に髪を結い、白粉に口紅を塗った女が、出役一行にねっとりと

した目つきを寄こしていた。

「八州様のお着きでえす」

旅籠の前土間に入った寄場の使用人が、人の声が騒がしい奥の通路へ声を投げた。すぐに店の間続きの間仕切が引かれ、亭主らしき男が忙しい足取りで現れた。

「裏へ行ってなさい」

亭主は格子窓の厚化粧の女を退らせ、店の間に手をついた。

「これはこれは八州様、お見廻りご苦労様でございます。亭主の里三郎でございます。当宿にお越しいただき、お礼を申し上げます」

「世話になる」

鉄之助が言った。

「はい。ただ今濯ぎをご用意いたしますが、こちらでは、何分どの部屋も手狭うございますし、ほかのお泊りのお客様もおられ、八州様とご家来衆が、ゆっくりお休みいただけません。広い座敷をご用意いたしますので、そちらへご案内いたします」

と、亭主は前土間に降り、一旦、人通りの多い往来に出て、数軒先を横道に折れた二階家へ案内した。そこは、宿場の旦那方の寄合や婚礼の酒宴などに使われる貸座敷だった。

「寄場役人の方々も、寄合によく利用なさっておられます。今夜はこちらでお寛ぎいただきます。ご主人、八州様とご家来衆に粗相のないよう、頼みますよ」

里三郎は、出迎えた貸座敷の主人に言った。

「へえ。承知いたしました」

貸座敷の年配の主人が、皺だらけの笑みを見せた。

「では明朝、迎えに上がります」

寄場の使用人と旅籠の亭主が戻っていき、主人の案内で、二階の座敷へ通された。

鉄之助は広い座敷をひとりで占め、長吉ら三人は、廊下を隔てた、こちらも広いが殺風景な座敷に荷を解いた。

座敷の出格子窓から、宿場の屋根が連なる彼方に、まだ明るい夕方の空に浮かぶ白い雲が眺められた。四人のほかに貸座敷を使う客はなく、宿場の往来の賑わいも、気にはならなかった。主屋の裏庭には、別棟の板葺屋根の据え風呂があって、白い湯気を上らせていた。

風呂が済んでまだ明るいうちに、中働きの女が夕餉の膳を運んできた。鉄之助は、自分の座敷でひとりで夕餉をとった。長吉ら三人は、三つ並んだ膳についた。旅籠の膳ではなく、仕出しの豪勢な料理で、しかも一合徳利が膳についていた。

夕餉が済むと、広い座敷に布団が三つ、ゆったりと延べられた。そのころにはようやく日は暮れて、賑わいの消えた宿場の往来のほうから、人の戯れる声がかえって寂しく聞こえた。三人は鉄之助の座敷にうかがい、明日の段取りの簡単な指図を受けてから、早々と床についた。

長吉は窓際の布団に横たわり、少し離れた布団には六兵衛がくるまった。次治は、「おれは隅がいいんだ」と、わざわざ座敷の隅へ布団を運び、頭まで布団をかぶった。

有明行灯が、座敷をうす明かりで蔽っていた。旅の疲れはあったが、長吉は目が冴えていた。隣の六兵衛も眠っていない気配がしたので、長吉は話しかけた。

「六兵衛さん、お訊ねしてもいいですか」

「へえ、どうぞ」

六兵衛は、有明行灯の明かりが届かないうす暗い天井を見上げていた。

「千葉村の寄場の宴席でも、贅沢な料理をいただきました。今宵のこちらの膳も、高価そうでした。こちらの使用料は、旅籠の負担なのですか」

「そうなるでしょうね。勘定所支給の宿代では、こんな贅沢はできません」

「これが、当たり前なのですか」

「当たり前ではありません。ですがね。宿場の旅籠はどこも飯盛を抱えており、飯盛は宿場で何人、一軒の旅籠で何人と定められています。ただ、定められてはいても、実際はどの旅籠も宿場も定めより多く、倍以上の飯盛を抱えています。そこで、八州様の宿になったときは、取り締まりを受けぬようお目こぼしを願って、供のわたしらにも扱いが丁寧になるのです。ささやかな余得です。殊に下総や上総は豊かな土地柄ですから、扱いが贅沢なのです。余所の土地では、こうはいきません。今のうちです」

六兵衛はそう言って、含み笑いを漏らした。

そのとき、座敷の一隅で布団をかぶっていた次治が、のそのそと布団から這い出るのが見えた。寝間着代わりの浴衣に着物を重ね、着流しに両刀だけを帯びた。

「行ってらっしゃいませ」

廊下へそっと出て行く次治の後ろ姿へ、六兵衛が、訝りもせず小声を投げた。

次治は何も言わなかった。ひたひたと廊下を鳴らし、階段を降りて行った。階下で店の者と小声を交し、戸外へ出たのが知れた。

「多田さんは、どちらへ……」

「里三郎さんの旅籠です。顔を出せば、里三郎さんはご承知で、飯盛の世話をしてくれます。それも八州廻りの余得のひとつですから、代金はかかりません。旦那様もご承知で、目をつぶっていらっしゃいます」

そうなのか、と長吉は気づいた。

「昔はわたしも、旦那さまのお供をして八州廻りの長旅の余得が楽しみでした。ときには無宿相手に捕物騒ぎはありますがね。若かったんですよ。女房も子もいないわたしみたいな者が、八州の彼方此方の宿場に、馴染みの女ができたみたいな気になりました。今は老いぼれて、あの元気はありませんが。竹本さんも飯盛と戯れて、旅の憂さを晴らしてこられてはいかがですか」

「いえ、わたしは。旅は始まったばかりで、憂さを感じる余裕はありません」

六兵衛がまた含み笑いを漏らした。

「おかしいですか」

「そうじゃありません。旦那様が言うておられました。竹本さんは面白い男だが、おれの手に負えるかなと。竹本さんはお国でも、そうだったのですか」

さあ、と長吉は何がそうだったのか、聞かれた意味が解せなかったが、曖昧なまま言葉を途切らせた。

長吉の脳裡に、夏は猛暑となり冬は豪雪の積もる、宇潟の農村の景色が浮かんだ。二年と三月余、江戸の暮らしが果敢なく過ぎ去った。里の生家へ帰らせた、妻と娘と倅を思い出した。寂しさが長吉の胸を締めつけた。

六

鉄之助率いる一手は、上総から安房の平、安房、朝夷と各郡の廻村を続け、長狭郡の内浦をへて、外房の銚子道を北へ目指し、再び上総に入った。

長柄郡の一ノ宮本郷から山邊郡の東金、下総の八日市場、陣屋のある多古をすぎ、佐倉城下手前の印旛郡の酒々井、そして、成田をすぎ、佐原方面へと寄場を巡廻し、二月半ばまでに両総と安房を終え、利根川を越えて常州に入る。常州の巡廻は、水戸領内の通過を拒まれているため、早々に切り上げ、今年の閏三月になる前には、野州の烏山を北上し黒羽領内に向かって、野州、上州、武州へと巡廻に時をかける行程を、あらかじめ決めていた。勘定所よりも、上州野州武州の三州を殊に念入りにすべし、と達しが出ていた。

ところが、江戸の出立から天候に恵まれた両総安房の巡廻が、佐倉城下から佐原への道中で豪雨に見舞われ、途中の寄場でたびたび足止めを食った。さらに、天候が回復して佐原へ着いたが、利根川の流れが荒れて川止めに遭った。やむを得ず、一手は利根川の南岸をさかのぼって、布佐から渡船が再開された利根川を布川へ渡り、常州の竜ヶ崎の寄場に到着したのは、明日は早や三月という二月の晦だった。

竜ヶ崎を三月初旬の早朝出立し、水戸道の若柴宿をすぎ、次の牛久宿を目指した。水戸道の牛久藩領牛久宿に、近在二十数箇村が組合う寄村の寄場があった。

惣代と寄場役人に迎えられ、鉄之助は早速、寄場の日録改め、惣代と寄場役人よりの聞き取りなど、ひと通りの調べを済ませ、明朝から寄村内の幾つかの村を見廻り、実地検分を始めることにして、夕刻、鉄之助以下一手六名が牛久宿の旅籠に入った。

そこへ、寄場の使用人が追いかけてきて、廻り筒の密告があったと伝えた。鉄之助は一手を率いてすぐに寄場へ戻ったが、生憎、惣代と村役人らは、たまたま別の御用が重なり出払っていた。急いで人を遣わし呼び返していたが、寄場役人らが揃うのを待っている余裕はなかった。

鉄之助は、寄場に残っているわずかな役人と使用人らに命じ、周辺の村からできるだけ百姓衆を集め、また廻り筒を開いている牛久沼北の菅岡村の目明し番太にも、捕り方を率いて出役する知らせを走らせた。

急な捕物のため、周辺の村から集まった百姓衆はわずか七人だった。

「仕方があるまい。目明し番太らもおる。これ以上、人数の集まるのを待っているときが惜しい。行くぞ」

所詮(しょせん)、廻り筒の素人博奕である。そう手はかかるまいと、鉄之助は思っていた。

鉄之助と次治と長吉は、両刀に十手、六兵衛は十手に木刀を帯びている。百姓衆は、寄場の突棒刺股袖絡(さすまたそでがら)みや六尺棒を携え、提灯をかざした。ただし、道案内の二人は捕物に加わらないため、提灯のみであった。

寄場役人らを後続の連絡役に残し、菅岡村へ向かった。鉄之助の一手六名と百姓衆の七名は、牛久宿の寄場を出て田のくろを数町西へ行き、牛久沼の畔に続く芝原の細道へ出たところで、菅岡村の目明し番太と四人の子分らと合流した。目明し番太と子分らは、得物の木刀を腰に帯びていた。

「こっから先は、あっしがご案内いたしやす」

目明し番太が分厚い胸を反らし、鉄之助に言った。

「廻り筒は間違いないか」

「へい。先ほど小屋をこっそりのぞきやしたら、ここら辺の村の札つきどもが、十名ばかりに相違ごぜえやせん。どいつもこいつも、顔見知りでごぜいやす」

「よかろう。いこう」

目明し番太が、四人の子分を従えて先頭を行き、竜ヶ崎の寄場から土浦の手前の中村宿までの道案内の二人が、提灯をかざして鉄之助の前を進んだ。鉄之助の後ろに六兵衛、次治、長吉の順に従い、七人の百姓衆が長吉の後ろに続いた。

総勢十八名が、牛久沼東岸の芝原に蔽われた細道をさわさわと鳴らし、北の菅岡村を目指していたとき、長吉は西の空に架かる三日月を見上げたのだった。

三日月は、常州の地平に天道の隠れたあとの、地平近くに帯を結んだ真紅の耀きが、雲ひとつない紺青色の宵の空へ溶けていく、一日の終りのほんのわずかな明るみの中に、まるで絵にかいたような、白く透き通った弧形を、淡く、しかしくっきりと浮かべていたのだった。

廻り筒とは、筒取りが決まっておらず、銘々が筒をとる素人博奕である。貸元がついている賭場は、筒取りは貸元の手下に決まっていて、これは廻り筒ではなく、玄人の博奕になる。素人博奕は関東取締出役の八州様が捕え次第、江戸の勘定奉行へ伺いなしに、手限りで処分できた。

　すなわち、玄人の賭場（とば）などの取り締まりは代官所の陣屋が担（にな）い、廻り筒のみならず、骨牌（カルタ）や闘鶏（とうけい）、ほうびきなどの素人博奕の取り締まりは、主に八州様の分掌（ぶんしょう）であった。

　玄人の賭場も素人の賭場も、御禁制は同じだが、幕府は農民が銘々で筒を取る素人の賭場を厳しく取り締まった。農民が博奕に耽（ふけ）って、田畑に向かう本来の生業（なりわい）がおろそかになるのを防ぎ、殊に、関東の農民が博奕で身を持ち崩して離村し、無宿同然の遊侠（ゆうきょう）の徒や、人別（にんべつ）も宗門改め（しゅうもんあらため）も持たず江戸に流入し、裏店の貧民層になることを防ぐためである。

　しかしながら、廻り筒を取り締まる側も取り締まられる側も、みな土地の顔見知りだった。そのため、現場の賭場へは、寄村の役人から各村々の役人へ通じ、各村々の役人は村の目明し番太に指図し、目明し番太が子分らを率いて捕物に向かい、捕えた者らを寄場へ引ったてた。関東取締出役の巡廻の折りに廻り筒の密告があっても、八州様が一手を率いてわざわざ出役し、取り締まりの指揮を執ることはなかった。

　ところがその夕暮れは、牛久宿の寄場の役人衆が、たまたま別の御用が重なり出払っていた。そのため、八州様自らが指図をして、急遽集めた近在の百姓衆と目明し番太を率い、菅岡村はずれの、見張り小屋へ向かうことになったのだった。

　その宵に捕えた者は、怪力に手こずった大男を入れた四人だった。十人ほどいた残りの者らは逃げ去った。四人を縄目にかけ、牛久宿の寄場に引っ立てると、寄場は急に騒々しくなった。知らせを受けた惣代や村役人らが、鉄之助を始め捕り方の戻りを待っていて、一同をそろって出迎えた。

「重畳重畳。みなの衆、ご苦労だった。にぎり飯を用意しておるので、あとはこちらに任せてひとまず休んでおくれ」

惣代が、百姓衆や目明し番太と子分らをねぎらい、鉄之助に言った。

「八州様、お見事なお手並みにございました。みな様ご無事のようで、安堵いたしております。八州様とご家来衆は、あちらの部屋に支度をしておりますので、どうぞあちらへ」

「いや、休息はあとでよい。みな無事というわけでもなくてな。大分痛い目に遭った者もおる。こっちの身も危なかった」

「えっ、さようでございましたか。なんたることだ。このろくでなしどもが。わが寄村の恥でございます」

後手に縛られ、寄場の白州に引き据えられた四人を睨みつけ、惣代は忌々しそうに言った。大男の頭突きをまともに喰らい、気を失っていた目明し番太は、板戸で運ばれていた途中に気をとり戻し、今はもう何事もなかったかのように、子分らを従え、縄目にかけられた四人の後ろに蹲っていた。しかし、大男の張り手を頭に見舞われ、田んぼへ転がり落ちた次治は、首筋を痛めたらしく、うなじを手でしきりに揉んでいる。

「小屋には十人ほどいたが、取り押さえたのはこの四人だけだ。あとの者は逃げたが、この者らを問い質せば、どこの村の誰かすぐに知れるだろう。その者らも残らず捕え、引っ立てるのだ。全員、今晩は牢に留め置き、明日朝から詮議する」

「承知いたしました。この大男は存じております。古舘村の作兵衛とこの万造でございます。五年ほど前、相撲取りになるため江戸の相撲部屋に入門したのですが、厳しい稽古が嫌で三年前、村に逃げ帰ってきたのです。身体はでかくとも、肝の小さい男です。それでも、殊勝に百姓仕事に励んでおるかと思っていたら、廻り筒なんぞに現を抜かしおって、この親不孝者が」

おまえの名は、村は、おまえは、おまえは……

と、惣代が審議部屋の板縁に立って、白州の筵に据えられた、万造始め四人を厳しく叱りつけた。万造は大きな身体をすぼめ、今にも泣き出しそうに、眼をしょぼしょぼさせていた。万造以外の三人も、消え入りそうな声で村と名前は言ったが、それからはただうな垂れて声もなかった。四人とも、幼さの残る若い衆だった。

「てめえら、逃げたやつらの名前を吐け。何村の誰兵衛だ。吐かねえと、痛い目に合うことになるぜ」

番太が四人の後ろに立って、ぱたぱたと頭を叩き、子分らも「言わねえか」と、怒声を浴びせかけ、小突いたりした。

「よせ。不良どもだが無宿渡世ではない。手荒な真似はするな」

鉄之助は番太らを諌め、四人に言った。

「おまえたちが黙っておる間は、ずっと牢を出られんぞ。お父っつあんとおっ母さんに心配かけて、申しわけないと思わんのか。どうしても白状せぬなら、江戸送りも考えねばならんな。江戸の小伝馬町の、百姓牢に入りたいか」

四人は、ぼそぼそと口ごもりながら、ほかの者らの名前と村を上げ始めた。菅岡村の者が七人、古舘村の者が三人の十人で、残り六人のうちの五人は、夜ふけの五ツ半（九時頃）すぎには番太と子分らにしょっ引かれてきた。最後のひとりは、兄と父親に伴われ、夜半近くに寄場に出頭した。みな、二十歳から二十三、四の若い衆だった。

翌日朝から、審議部屋に着座した鉄之助は、縄にかけた十人を白州に据え、ひとりひとり名前と村、年齢、以前にも廻り筒で捕えられた覚えがあるかないか、何文賭の廻り筒だったか、廻り筒以外の骨牌博奕をした覚えなどを厳しく質した。

これは、素人博奕の廻り筒でお縄になった者でも、三度以下の場合は、出役の手限りで処分できた。それ以上の常習性が疑われる者は、江戸送りにするか、勘定奉行に伺いをたてなければならなかった。

また、五十文賭以下の骨牌博奕に興じた者も、出役の手限りの処分に任せられた。廻り筒や五十文賭の骨牌博奕の処分は、百敲き以下に決まっていて、鉄之助は次々に百敲きを下していった。

中には、お縄になったのが四度目の若い衆もいたが、鉄之助は二度問い質した。だが、二度目は、

「なんだと。そうか。このたびで三度目か。ならば、今度またお縄になったら間違いなく江戸送りだ。これが最後だぞ。百敲きを命ずる」

と言って、審議部屋に居並んだ惣代や寄場役人を苦笑いさせた。

白州の裁きが下されると、百敲きは、寄場の戸前の往来に筵を敷いて、すぐに行われた。

鉄之助、次治と長吉、六兵衛、道案内の二人、寄場役人全員と惣代、目明し番太と子分らも立会い、若い衆らの親兄弟ら引取人が、寄場の戸前を囲み、刑が済むのを待っていた。寄場の使用人が、箒尻という長さ一尺九寸（約五七センチ）、周囲三寸（約九センチ）ほどの竹べら二本を麻苧で包み、上のほうを紙縒りで巻いた笞杖を携え、四人の使用人が若い衆の上衣を剝ぎ、下帯ひとつにして腹這いにした。使用人が手足を押さえ、敲くのは、肩と背骨は避けて臀部である。

鉄之助は、百敲きの六十回を超えたあたりから、七十八十九十と、自ら数を端折って読み上げ、

「百が済んだ。それでよい。十分懲りたろう。次の者だ。さっさと終らせよう」

と。最後まで敲かせなかった。

七

その月の下旬、鉄之助率いる一手六名は、茂木を出立し、野州烏山城下をへて、那珂川沿いの往還を、近在十数箇村の寄村の寄場がある小川宿に向かっていた。茂木から小川までの道案内の二人、鉄之助と六兵衛、そして、次治と長吉が続いた。

春ののどかな昼下がりで、那珂川の東方、八溝山の青々とした山嶺上に青空が広がり、白い雲がくっきりと浮かんでいる。

鉄之助は、黒羽城下から、山間を抜けて那須野原を巡廻したのち、奥州道を宇津宮城下へ向かうつもりだと、六兵衛、次治、長吉の三人には伝えていた。

これまでの巡廻は、つつがなく終えたと言っていい。しかし、これからの野州上州武州の三州はそうはいくまい。幸い今年は、閏三月が入るので、巡廻の日数には余裕があった。秋の終りには武州をすぎ、冬の間は穏やかな相州をゆっくり巡廻し、江戸へ戻るのは十一月の中旬、あるいは下旬あたりか、と鉄之助はぼんやりと目算を立てていた。

眼下を静かに流れる青い那珂川には、那珂川水運の荷船が悠々と下って行き、

つうつうぴい、つうつうぴい……

と、山裾の林で山雀が鳴いていた。

長吉の前を行く次治は、折々、日に焼けた首筋をほぐすように廻したり、骨張った指を押しあて揉んだりした。

もう二十日以上前になる牛久沼の廻り筒の取り締まりで、大男の万造の平手打ちを、被っていた菅笠が砕けるほど激しく頭に浴び、田のくろから田んぼへ転がり落ちた。あの折り首筋を痛めて、それがまだ癒えていないらしかった。首を廻しながら、顔をしかめているのが見受けられた。

「まだ、痛みますか」

長吉はつい、後ろから声をかけた。

「うん？　ああ、前よりは楽になって、首もだいぶ廻せるようになったんだがな。すっきりってわけにはいかねえ」

次治は顔をしかめたまま、長吉に歩調を合わせて並びかけた。川沿いに繁る木々の木漏れ日が、前を行く四人にも、次治と長吉にも降っていた。

「一発喰らったときは、目の前が真っ白になったぜ。気がついたら、頭がぼうっとして、足がふらついてまともに歩けねえ。それでも、やれやれ命拾いをしたと思ったのが、次の日目が覚めたら、首が痛くて廻せねえときた。高が百姓とつい油断してこの様さ。まったく情けねえ。歳には勝てねえぜ」

歳と言うより、あれは次治の踏み出しが早すぎた。万造の勢いに誘われ、踏み出しの見極めを誤ったのだ。

「万造の突進をまともに喰らったら、身が持ちません。焦るのは当然ですが。もっとも、万造がわたしではなく、多田さんに打ちかかった隙に、万造の背後に廻り込むことができました」

長吉はそう言った。

次治は、ふん、と鼻で笑った。

「そうかい。この首が痛いのも、少しは役に立ったってかい。ならよかったぜ」

「今夜、揉んで差し上げましょうか。子供のころ、父の肩を揉んだり叩いたり、よくさせられました。肩叩きの筋がいいと、父に褒められました」

「あはは。肩叩きの筋がいいってぇのは面白いね。けど、遠慮するぜ。若い女なら未だしも、侍に肩やら首を揉まれたら、却って堅くなっちまいそうだ」

二人は歩みを揃えながら、くすくすと笑い声を漏らした。小者の六兵衛が、二人のくすくす笑いに気づいて見かえった。

「竹本さんは、こっちが使えそうだね。何流を修行したんだい」

次治が拳で剣術の仕種を真似て言った。

「国に伝わっておりました一刀流の流れを汲む流派の道場に通い、稽古を少々。もう遠い昔のことですが」

「ありゃあ、少々じゃねえな。大男の後ろを取って、首を絞めて気絶させる手は、腕に相当の覚えがなきゃあ、できることじゃねえ。やるじゃねえかと思ったぜ」

「たまたまです」

長吉はさりげなく返した。

「六兵衛が言ってたぜ。竹本さんの生国は越後なんだってな。越後の侍が、何があって江戸の浪人暮らしなんだと聞いたら、それは竹本さんに訊ねてくれと、何やら思わせ振りだった。わけありなのかい」

「人に話せるほどのわけはありません。ただ、主家よりお払い箱になり、禄を失いました。暮らしていく方便を求めて、江戸へ出てきた浪人者です」

「国は越後のどこなんだい」

「越後の宇潟です」

「ああ、越後の宇潟か。遠いな。女房と子供は、いるんだろう」

「妻と娘と倅がおりましたが、宇潟を出る折り、里に帰らせました。妻の里は武家ではありませんので、こちらの身勝手な振る舞いを、受け入れてくれました」

「ふうむ、里にね」

と、物思わしげに呟(つぶや)いた次治の、日焼けして浅黒い横顔を、長吉は見つめた。一文字の菅笠の下、低い獅子鼻の面長な横顔は、顎が少ししゃくれていた。

長吉は、次治と二月半以上も寝食を共に旅を続け、打ち解けていないのではなかったが、これまで、次治の素性や雇足軽を始めた事情などに触れないようにしていた。長吉がそうしたのは、次治の抱える負い目と同じ負い目を、長吉自身も抱えていたからだった。次治は、自分の素性や事情を詮索されたくない様子で、自らそれを語らなかったし、長吉にも聞いてこなかった。

それが、那珂川の静かな流れと、青々とした山嶺と、山雀が鳴く春ののどかな景色に絆された所為か、次治は心の垣根を少しだけ開いて、長吉の負い目にそっと指を添えるように近づいてきたのだった。

長吉は次治に聞いた。

「多田さんは、出役の足軽に雇われて長いのですか」

「三十五歳のときに、やってみないかと、人が間に入って誘われたのさ。一日銀一匁は人足の給金より安いが、どうせ何もやっていなかったし、八州廻りは余得が多いらしいぞと、そいつの言葉に乗せられて、ついその気になった。ところが、余得が多いのは八州様だけで、下っ端はお零れにほんのちょっと与るぐらいだった。まあ、世の中、そうしたもんだけどな」

「多田さんのご実家は、御家人なのですか」

「六兵衛に聞いたのかい」

「いえ。ただそんな気がしたのです」

「さよう。これでも公儀直参、御家人の家柄でござる。とは言いながら、三男の部屋住みで、女房なし子もなし。と言って、家を出てわが身をたてる才覚もなし、御家人くずれの悪になるほどの不良でもなし、いつしか四十代の半ばに相成り候ときた。われながら哀れすぎて笑えるぜ」

それから、いっそう声を落とし、

「けど、ここだけの話なんだがね。八州様の蕪木家は……」

と、六兵衛の前を悠然と歩む鉄之助のほうを、ちょんと指差した。

「多田家より、家格は下だからね。これでも多田家は、御徒町の徒頭配下徒衆七十俵の家柄だからさ。もっとも、三番勤めだがね。だとしても、家禄五十俵の小普請の蕪木家とは、比較にならねえ」

三番勤めとは、ひとつの役目に三人が就き、交替で勤める。むろん、禄も三等分である。小普請は、小普請組頭配下の無役のことである。ただ、家禄だけがある。

「蕪木様は若いころ、代官所の手付に採用され、それがちょっとばかしおれとは運が違った。様々な働きかけをしただろうし、そういう廻り合わせだったのかもな。運も実力のうちってわけさ。どっちにしろ、月日がたつ間に蕪木様は関東取締出役、こっちは、出役配下の足軽にお雇上げさ。この十年で、八州の巡廻が四度と、臨時の出役で三月ばかり、上州を巡廻したことがあったから、今年でもう六度目だ。おれみたいな、飽きっぽくて中途半端な男が、よく務まったもんだ」

次治は自分を嘲るように笑った。

「けど、中途半端だから、やってこられたのかもな。ほかにやることもねえし、実家の部屋住み暮らしで、身を縮めて飯を食うよりは、仮令、一日銀一匁のお雇上げでも、誰にも気兼ねなく腹一杯飯が食えるし、飯盛だってたまにはただで相手をしてくれるしさ」

次治はしゃくれ顎を長吉へ向けた。

「竹本さんも、たまには気散じに、旅籠の飯盛の世話になったらどうだい。おれたちの余得はそれしかねえんだぜ」

「はあ。しかし、わたしはどうも……」

「どうもだと。飯盛は嫌かい。国の女房に未練を残しているね」

「いえ、そういうことでは」

「女房は幾つだい」

「この春、三十三歳です」

「三十三歳じゃあまだまだだ。竹本さんの女房なら、器量よしに違いねえな。けど、そろそろ、女房の再縁話が進んでるかもな」

「そうかもしれません」

淡々と長吉が答えると、次治は少し憐れむような含み笑いをもらし、言葉を切った。

つうつうぴい、つうつうぴい……

山雀ののどかな鳴き声が、那珂川の川面を渡って行った。

夕方、小川宿の寄場に着いた。

寄場には、江戸より急遽遣わされた使者が、鉄之助の一手の到着を待っていた。使者は公事方勘定奉行様の命令書を、出役の鉄之助に差し出し、

「御下知でござる」

と、厳しい口調で言った。

第二話　御名差し（おなざし）

一

御下知、あるいは御内意とも言い、公事方勘定奉行より出役に申しつけられる、御名差しの命令があった。

何村の誰某に云々の科があり、即刻召し捕れ、という名差しで、通常は江戸在府の代官が勘定奉行の命を受け出役に伝えるが、公事方勘定奉行が直々に、出役へ命令を伝える場合もあった。だが、勘定奉行の使者が、巡廻途次の出役に命令の書状を伝達するため、わざわざ差し向けられるのは、余ほど急を要する御名差しに違いなかった。

通常ならば、出役は当該寄村の惣代並びに寄場役人に、何村の誰某捕縛を伝達し、寄場役人より当の村名主と村役人に伝達。村役人が村雇いの目明し番太に命じて、目明し番太が子分を率いて誰某をお縄にかけ、寄場の出役に差し出す。出役は、その者が御名差しの誰某に相違ないことを確かめ、江戸送りにするのである。

しかし、江戸よりのその御名差しは、出役自らが直ちに取り掛かるべし、と一時の猶予も許されない命令であった。

啼きの道助、とその男は渡世人の間では知られていた。女房はおたみ。十九年前の文化八年（一八一一）の春、深川元町に住んでいた寄場芸人の道助は、元町の北隣、深川三間町の名主源九郎を殺害し、おたみと手に手を取って江戸から逃亡した。数年ののち、道助は関東八州を荒し廻る押し込み強盗一味を率いる頭となり、道助の傍らには、影のように寄り添うおたみの姿が必ず見られた。

啼きの道助は、相手を哀れみ涙を流しながら情け容赦なくぶった斬る、道助が啼いたら死人が出る、とそんな意味で呼ばれ出した綽名だと言われていた。だが、

「そうじゃねえ。あの綽名はな……」

と言う者もいた。

道助の父親は、十代のころに信濃の諏訪より江戸日本橋のお店奉公に出た、頑固で一途な信濃者だった。身を粉にして奉公に励み、三十代の半ば近くになって、さほど繁華な町家ではないものの、深川元町の行徳街道に小さな乾物屋を開き、ささやかながら、表店の亭主に納まった。

三十六歳で三つ年下の女房を迎え、翌年、倅の道助が生まれた。

道助が十歳の冬、以前より江戸煩い（脚気）と言われる病に悩まされていた父親が、江戸煩いにとうとうやられ、母親と十歳の道助を残して亡くなった。借金をしては返し借金をしては返し、の遣り繰りでどうにか営んできた商いは、たちまち立ち行かなくなって、母親は乾物屋を居抜きで売り払い、道助を連れて同じ元町の裏店に引っこんだ。

それから道助は、蜆売りの行商でわずかな稼ぎを得て、母親は仕立ての内職を始め、母子二人、食うや食わずの精一杯の暮らしが何年も続いた。それでも、道助は十四、五の頃から、痩せっぽちながら、人並み以上に背が伸び、顔つきも少年の面影は失せ、人目を引くほどの精悍な若い衆に育っていた。

そのころには、蜆売りはやめて、油売り、醬油塩売り、下駄売り、箒売り、薪売りなど、母親と二人食っていくため、なんでもやった。

そんな道助が、いかなる子細があってか、両天秤の行商をやめ、神田豊島町に常設の寄場の高座に上がり、講釈師を始めたのは、二十歳かそこらのころだった。

寄場の多くは、路地奥の裏店の二階で、宵から五ツ半（午後九時）ごろまで開かれ、客は十数人から二十人も入れば、ぎりぎりの満席で、芸人は二尺（約六〇センチ）ほどの高座に上がり、高座の両脇に二本の蠟燭立てに火を灯し、落語や講釈、義太夫、声色、手品、などの興行が毎夜行われていた。値は二十数文ほどだった。

道助はその寄場芸人の、講釈師になった。字は父親が存命のころ、手習所に通って習い覚えていた。元々頭のよい子で、むずかしい漢字は読めなくとも、振り仮名つきなら苦もなく読めた。それが役にたった。

講釈師の道助は、寄場の高座に上がってすぐに人気者になった。身の丈がありほっそりとした姿に、心なし赤みがかった蒲色の着流しがよく似合い、そして何より、道助は声がよかった。張りのあるやや低い声で『平家』などを演ると、音吐朗々とした語りが、却って散り行く平家の武将の悲哀をかきたて、寄場の客の涙を誘った。路地奥の夜の興行にもかかわらず、道助が高座に上がる日は若い女の客が増え、すすり泣く声が聞こえた。

啼きの道助、と最初にその綽名を言い出したのは、寄場の客だった。

茶屋のお座敷からも声がかかるほど、啼きの道助の評判は高まった。

二十四歳のとき、二つ目の通りの、深川常盤町三丁目の裏通りに寄場が新たにでき、道助は神田豊島町から深川へ移った。おたみが高座に上がった道助の講釈を聞いたのは、その深川の寄場だった。おたみは道助の語る講釈にうっとりと聞き惚れた。そして、さめざめと泣いた。

おたみは、深川三間町の名主源九郎の妾奉公をしていた。道助よりひとつ年上の、二十五歳。啼きの道助、と近ごろ評判の講釈師の講釈が、常盤町三丁目に常設された寄場で聞けると知って、ある宵、婢を伴い常盤町三丁目の寄場に上がった。

それが、半年後の名主源九郎殺しの末に、道助とおたみが手に手を取って江戸から欠け落ちする顚末の、始まりだったのは確かである。

しかし、道助とおたみがいかなる子細があってそのような顚末にいたったのか、これも道助が講釈師になった子細同様、当人ら以外にそれを知る者はいなかった。

唯一、源九郎が、おたみを囲う北森下町の二階家に住み込みで雇っていた若い婢が、源九郎殺しの当夜の経緯を見ていた。町方の取り調べに、婢は経緯をこう話した。

「旦那さんは名主さんの寄合があるので、こないはずでした。道助さんがきたのは、たぶん、高座が引けたあとの夜ふけで、あっしはもう布団に入っていました。おたみさんが、こっちはやるからお前は寝ていいよって、言われていたんです。道助さんとおたみさんが、お酒を呑みながら、ひそひそ声で話したり、楽しそうに笑ったりして、それから、二人が二階へ上がって行くのがわかりました。行灯が消えて静かになってっていうか、あっしは布団をかぶって寝ていたんです。そしたら、いきなり表戸がどんどんと叩かれて、旦那さんの声が聞こえたんです。おたみ、おれだ、開けてくれ、と旦那さんの酔っ払った声が聞こえました。あっしは吃驚して跳ね起き、天井を見上げました。二階は、息を殺しているみたいに、なんの物音もしませんでした。旦那さんがあっしの名を呼んで、おれだおれだって喚いて、仕方なく、表戸を開けに行ったんです。板戸を引くと、旦那さんは不機嫌そうに、主人が呼んでるのに、何をぐずぐずしているんだと叱られました。旦那さんは酔って、ふらふらしていました。でもそのあと、寄付きの上がり端の土間に、道助さんの草履を見つけたんです。月明かりが土間に射して、ぼんやりとですけど、男の人の草履がわかったんです。旦那さんは、客か、と天井を見上げました。そしたら、二階でどたどたと、音がしたんです。旦那さんは、誰だって怒鳴って、二階へ走り上がっていきました。あっしはどうしていいかわからず、恐ろしくて凝っとしていました」

天井が震え、源九郎の怒声とおたみの悲鳴が交錯した。ほどなく、店を震わせて階段を転がり落ちてくる人影が見えた。悲鳴で、おたみだとわかった。

続いて源九郎と道助が、狭い階段で揉み合いつつ走り下りてきた。源九郎は、道助より背は低かったが、胸板の厚い強靭な体軀が自慢だった。

「源九郎さん、やめてくだせえ、やめてくだせえ……」

と、すがる道助を払いのけ、勝手の土間へ蹴り落とした。

「引っ込んでろ、芸人風情が。おまえはあとだ。獄門行きにしてやる。覚悟しとけ」

源九郎は喚くと、おたみへ身を返し、乱れた島田を鷲づかみにして、分厚い掌を繰り返し容赦なく浴びせた。気が薄れてか、おたみの悲鳴と泣き声が、だんだんと小声になっていった。

そのとき、道助が勝手の土間に積んであった薪をつかんで台所の板間に躍り上がり、源九郎の頭を殴りつけた。

「ああ」

源九郎はうめいておたみを放し、頭を抱えてうずくまった。

道助は、源九郎に打たれ、力なく坐り込んだおたみの腕を取り、引き摺り起こした。

「おたみ、逃げるぞ」

「あんた。あっしを連れて逃げて」

おたみは道助に寄りかかって、朦朧としながらも言った。

「おれに任せろ」

「ま、待って。お金が、あっしのお金が……」

不意におたみは、台所の板間の床下に隠していた分厚くふくらんだ財布をつかみ出し、道助にすがって言った。

「こ、これはあっしの、蓄えだから」

そして、懐に無理矢理ねじ込んだ。

道助がよろけるおたみを抱え、勝手口から逃げ出した。突然、板間にうずくまってうめいていた源九郎が跳ね起き、勝手の棚の出刃包丁をにぎり締め、二人を追って勝手口を飛び出した。婢は震えが止まらなかったが、その顚末を確かめないではいられなかった。源九郎の勢いに引き摺られ、源九郎のあとについて勝手口を駆け出した。

店の軒下を路地へ抜け、路地から北森下町の往来に走り出た。往来の東方の五間堀に架かる伊予橋へ、道助とおたみが差しかかり、源九郎の影が橋の袂に迫っているのが、閏二月の半月が掛かる夜空の下に見えた。

婢の足が竦んだ。

「待てえ。さかりのついた泥坊猫め。逃がしはせんぞ。成敗してやる」

源九郎が伊予橋に駆け上がり、振りかざした出刃包丁が月光に光った。

源九郎の振り落とした出刃包丁を、道助は手首を押さえ、かろうじて防いだ。源九郎はすかさず、一方の手で道助の首を鷲づかみにして、背が高いだけの痩せっぽちの身体を、怪力で夜空へ吊るし上げにかかった。

「若蔵、おまえら芸人は、役にもたたねえ糞だ。芥だ」

吊るし上げられた道助の跣が浮き、じたばたした。その怪力の源九郎の腕におたみがむしゃぶりつき、雌猫のように歯をたてた。

「あ痛た……」

源九郎は道助の首から手を放し、おたみを振り払い蹴り倒した。おたみは橋板に叩きつけられたが、源九郎の腕の肉を咬み切っていた。

肉を咬み切られた腕から、血がだらだらと滴った。源九郎は苦痛で顔を歪めた。

そのとき、槍のように突き込まれた道助の拳が、源九郎の歯を二、三本飛び散らし、首が真後ろへ木偶のように折れた。そして、首が戻ったところへ、再び拳を見舞われ、源九郎の頭の中は真っ白になった。気がつくと、源九郎は、痩せっぽちの道助の身体に凭れかかって、崩れ落ちかけていた。

道助は、源九郎の出刃包丁を易々と奪い取った。朦朧とした源九郎を、伊予橋の手摺に押し退け、

「てめえ。許さねえ。くたばれ」

と、出刃包丁を、柄の根元まで深々と腹に突き入れた。

源九郎の悲鳴は長く続かなかった。道助が源九郎をさらに押し退け、源九郎の身体は腹に出刃包丁を突きたてたまま、伊予橋の手摺に凭れかかって一回転し、五間川の暗い水面へ転落した。

婢は悲鳴を、夜空に甲走らせた。界隈のどこかで、犬が吠えたて、五間堀周辺の町家や武家屋敷から人が出てくる気配がした。

しかしそのとき、道助とおたみの交した言葉が、婢に聞こえた。

道助はおたみを助け起こし、抱き締めた。

「おたみ、行くぜ」

おたみは口の中の肉片を吐き捨て、黒く見える血で汚れた口元を、手の甲でひと拭いし、聞き返した。

「どこへ」

「決まってるじゃねえか。こうなったからには、地獄の果てまでさ」

すると、おたみは月明りの下で莞爾と頰笑み、うん、と頷いた。

「地獄の果てまで、連れてっておくれ」

婢にはそう聞こえた。

二

「啼きの道助と呼ばれる首領が率いる一味が、関東農村の村名主や郷商の屋敷に、押し込み強盗を働いた知らせが、次々と江戸の御用屋敷に届き始めたのは、三年余がたったころからだった」

鉄之助が、指先で顎を擦りながら、啼きの道助とおたみの話を続けた。

「一味の数は、少ないときで四人、多いときは七人ほどと、決まってはいないらしい。啼きの道助を中心にした仲間四人に、押し込み先によって、必要な数だけ助っ人を集め、助っ人とは、押し込み働き以外のかかり合いは持たない。分け前を渡して別々の道を行くのだ。啼きの道助の綽名は、押し込み働きの知らせが御用屋敷に届き始めたころは、無闇に手荒な真似はしないものの、少しでも逆らうと、涙を流しながら容赦なく斬り捨てる、それでついた綽名だと、そう思われていた。半年ほどがたって、町奉行所より、関東を荒し廻っている啼きの道助一味は、文化八年に深川三間町の名主源九郎を殺害し、源九郎が北森下町に囲っていた妾のおたみと、手に手を取って欠け落ちした、寄場芸人の講釈師の道助ではないかと、問い合わせがあった。講釈師の道助は語りの声がいいので、啼きの道助と呼ばれ人気があった。その道助ではないかとだ。それで、御用屋敷でも、寄場芸人の道助だったかと気づいた。おたみの名は伝わっていなかったが、四人の一味の中に女がいると、知らせにはあったのだ」

そこで鉄之助は話を止め、六兵衛、次治、長吉を見廻し、嗄れた咳払いをした。

「つい、余計な話が長くなったな。つまり、勘定奉行様の御名差しは、啼きの道助と女房のおたみを召し捕れと、わが一手に御下知なのだ。よって、明日早朝ここを発って、一路塩原へ向かう」

茂木からの道案内の二人と、鉄之助、六兵衛、次治、長吉の四人は、小川宿に着いたその夜、寄場役人の案内で、小川宿の旅籠に投宿していた。小川宿一の旅籠と寄村の惣代は言ったが、鄙びた古い宿だった。同宿の那珂川舟運の船頭と水主らが、飯盛相手に賑やかな酒盛りを開いていた。道案内の二人は早や床につき、四人は鉄之助の部屋に揃い、鉄之助が御名差しの子細を伝えた。

「塩原の元湯の湯治場に、啼きの道助とおたみが湯治に滞在していると、差口が御用屋敷に入った」

「塩原の元湯で、啼きの道助とおたみが湯治をしているのでございますか」

六兵衛が繰りかえした。

「そうだ。どうやら、道助は右か左のどちらかの足に、持病を抱えているらしい。膝の節が硬くなって疼痛があり、杖がないと自分で歩くのも困難な、厄介な持病だ。歳はわたしや六兵衛よりずっと若く、多田と同じぐらいだな」

「はい。啼きの道助の歳は、わたしと同じこの春四十四歳のはずです」

次治が鉄之助に、ぼそりと答えた。

「四十四歳なら、老いぼれるにはまだ早い。だが、持病ならやむを得ぬな。勘定奉行様の書状によれば、二、三年ほど前から啼きの道助が持病を抱えておると、定かではなかったが、江戸の御用屋敷にも陣屋にも、噂は聞こえていたのだ。その噂は、本途のことだったと思われる」

鉄之助は、傍らに置いていた御名差しの書状を手に取った。

「八州の巡廻を始めてから、巡廻の最中に、一味の押し込み強盗の知らせが入り、急ぎ押し込みを働いた村へ向かって、啼きの道助を捕縛するぞと勇み立ったものだ。だが、一味の進退は鮮やかで、手がかりひとつ残していなかった。勘定奉行様の臨時の出役のご命令を受け、上州へ出役し、一味のあとを追ったこともあったがな。あれも、足跡を辿り上州と野州を右往左往しただけで、なんの成果もなかった。啼きの道助おたみ一味の名が聞こえ始めてから、十五年、いや、十六年になる。人相書は出廻っておっても、未だ道助の定かな風貌はわからんし、女房のおたみもだ。まるで、こっちの動きを全部読まれておるようで、手に負えん相手だった。しかし、一味はここ数年、鳴りをひそめていた。それが、啼きの道助の持病の所為だったとしたら、湯治場で持病の養生というのは十分考えられる。一味の年貢の納めどきが、ついにきたのではないか。そんな気がする」

「旦那様。明日早朝ここを発ち、それからの段取りをお聞かせ願います」

六兵衛が言った。次治と長吉も頷いた。

「まずわれらは、塩原の妙雲寺門前に宿を取る。村役人に指図して人を集め、元湯の湯治場に投宿している、道助とおたみ一味を見張らせる。手下は二人だ。おそらく手下らも同じ宿にいるだろう。そのうえで、臨時出役の西野武広殿の一手の到着を待つ。西野殿の一手は、すでに江戸を発っておるはずだ。西野殿の一手が到着次第、元湯に向かい、二手が力を合わせて、啼きの道助おたみ一味を捕える。西野殿の一手が、われらより先に妙雲寺門前に入り、われらの到着を待っているかもしれん。野州にいるわれらが、遅れるわけにはいかん。急がねばな」

「なるほど。西野様の一手と力を合わせてならば、心強うございます」

「ただし、わが一手は西野殿の指図に従い、一味の捕縛の助役に廻る。そのように、御奉行様のご命令が書状に認めてある。従わぬわけにはいかん」

啼きの道助おたみ一味の捕縛は、臨時の出役を命じられた西野武広の一手に、鉄之助の一手が助役に廻り、二手が万全を期する態勢をとって臨む手筈で、捕物の指図をとるのは、鉄之助より二十歳ほど若い西野だった。

鉄之助は、ふうむ、と少々不満そうに鼻を鳴らし、顎を擦りながら長吉に言った。

「竹本、宇潟の地方勤めの折り、凶悪な罪人が村方へ逃げ込み、人数を繰り出して引っ捕えるほどの事件はあったか」

「地方と申しましても、宇潟は広大な関東八州とは比較にならない小国です。悪事を働いた者が、狭い領内をうろうろと逃げ廻ること事態、あり得ません。啼きの道助おたみ一味なら、さっさと他国へ逃げ出しています」

「竹本さんみたいに、江戸へへってわけだね」

次治がにやにやして、長吉をからかった。

「多田、つまらぬ戯言を申すな」

鉄之助は次治をたしなめ、

「竹本は腕がたつのだな。おぬしなら、道助おたみ一味を捕える巧い手だてはあるか」

と、顎を擦りながらなおも言った。

「八州様の話をうかがい、道助とおたみは腕がたち、度胸もある一味だと、よくわかりました。首領の道助は、持病を抱えていたとしても容易ならぬ相手だと思われます。言えるのはそれぐらいです」

「おぬしほどの腕なら、少しは思うことがあるだろう。なんでもいいから申せ」

長吉は言葉に詰まった。六兵衛が、何を言うだろうかという顔つきで長吉を見守り、次治はにやにやしている。

「巧緻は拙速に如かず、と子供のころ私塾の先生に、唐の国の教えを学びました。事を為すには迅速なご決断が肝要かと」

「迅速な決断？　それだけか」

長吉は、はい、と殊勝に頭を垂れた。

「よかろう。心得ておこう」

鉄之助は腕組みをして、宿の船頭らの酒盛りがうるさそうに、眉をひそめた。

三

まだ暗い翌早朝、寄場の惣代や寄場役人に見送られ、小川宿を発った。

茂木からは、新たな道案内に交替していた。関東取締出役の案内人は、土地の地理に詳しい村役人、あるいは身元の確かな百姓が二名務めるが、この度の道案内は捕物騒ぎに巻きこまれ兼ねなかった。鉄之助は、塩原の湯治場の地理に明るい、目明し番太と子分を道案内に採用するよう、惣代に要請していた。

屈強な体軀の目明し番太と子分が、三度笠に半合羽、手甲脚絆、振り分け荷物を絡げた旅装束で、道案内にたっていた。

小川宿から、一旦、那珂川に沿って北の黒羽城下方面を目指し、浄法寺村の追分を箒川に沿って、西方の大田原、そして、塩谷ノ原をへて塩原への往還をとった。

季節は晩春閏三月の半ばである。

一手六名が箒川の峡谷を、温泉郷を目指していたとき、すでに夜が迫っていた。日が釈迦ヶ岳の山塊の影に沈むと、山肌を縫う山道は、たちまち漆黒の闇に閉ざされた。峡谷に鳴き渡っていた鳥の声はいつしか途絶え、谷の下を流れる箒川のかすかな水音が、夜の静寂を乱していた。夜空には星も月もなく、山肌を鬱蒼と蔽う木々は、塗り籠められた闇にまぎれ、黒く分厚い壁のように、先へ先へと果てしなく連なっているかに思われた。

目明し番太と子分のかざした提灯が、狭い山道のほんの二間（約三・六メートル）ほど先を照らしていた。まだ夕暮れの明るみが残った箒川の峡谷を行くとき、

「あと半時（約一時間）ばかしで、妙雲寺門前へ着きやす。ここまでくりゃあ、もう着いたも同然でございやす」

と、目明し番太が妙に明るい口振りで励ましたが、半時どころか、それから一時（約二時間）以上、暗い山道を歩み続けた。みな早朝からの急ぎ旅で疲れ果て、声もなかった。それでも、風や雨ではなかったのが幸いだった。

大網、塩釜、と明かりがほとんど消えひっそりとした温泉郷をすぎ、妙雲寺門前の温泉郷に入ったのは、夜半近い刻限と思われた。どの宿も明かりは消えて寝静まり、沸き湯の臭う郷の辻に一基の石灯籠が、ぽつんと寂しげな明かりを周囲に放っていた。

目明し番太と子分が、顔見知りの宿へ案内した。茅葺の切妻屋根の影が、夜空にぼうっと浮かんで見えた。明かりが消え、寂とした宿の表戸を、子分が叩いて声をかけた。

「夜分、畏れ入りやす。《増田》さん。今晩の宿を、お願えいたしてえんでございやす。増田さん、お願えいたしやす」

「おおい、増田の作右衛門さん、小川の軍三でございやす。ちょいとしたわけがあって、お客さんをこちらの温泉郷まで、ご案内いたしやした。お客さんは急ぎの用で、どうしても今日中に、こちらに着かなきゃならなかったんでございやす。小川を今朝早く発ちやしたが、こんな夜ふけになっちまって申しわけねえ。作右衛門さん、お客さんがお疲れなんでございやす。ひとつお頼みいたしやす」

目明し番太の軍三が、八州様の御用と温泉郷に知られないよう、用心して言った。

「はいはい、ただ今」

ほどもなく、戸内より声が返され、草履の足音が小走りに近づいてきた。潜戸の閂がはずされ、手燭を手にした作右衛門が、顔をのぞかせた。

「軍三さん、久しぶりだね」

「へい。作右衛門さん、ご無沙汰しておりやした」

作右衛門は、軍三と子分が手にした提灯の明かりの中に、二本差しの侍風体と御用聞らしいひとりの四人を見て、侍の客とは思っていなかったのか、意外そうに言った。

「お客様は、こちらのお侍様方で」

作右衛門が聞くと、軍三が声をひそめた。

「八州様とご家来衆でごぜいやす。八州様は、江戸からの御用が、この温泉郷の近くにあって、あっしらが道案内を、申しつかったんでごぜいやす」

「えっ、八州様でございましたか。すると、もしかして、こちらの湯治場に御上の御尋ね者が……」

「内々の御用でごぜいやす。八州様のご到着は、作右衛門さんおひとりがご承知していただき、どなたにもご内聞に願えやす」

「承知いたしました。では、お客様、みなさま方も軍三さんも、どうぞお入りください。部屋はございます。湯もずっと沸いておりますので、いつでも浸かることができます。ただ、お食事のほうはもう残り物と、蕎麦ぐらいしかございません。そんな物でよろしければ、ご用意いたしますが」

「ご亭主、ありがたい。世話になる」

鉄之助が作右衛門に言った。

と、寝静まった温泉郷のどこかで、人の気配に気づいた犬が甲高く吠え出した。

妙雲寺門前に開けたこの温泉郷は、塩原の湯治場の中でも、湯治を兼ねた妙雲寺の参詣客が多く、門前町として賑わっていた。妙雲寺は平氏の世に開基した、野州の名刹である。

翌日、上塩原、中塩原、下塩原の名主と数名の村役人が、内々の御用により旅籠の増田に呼びつけられた。名主と村役人らは、増田で待っていたのが、八州様とその一手六名と知って、意外に思い、のみならず不穏な事情ではと訝った。

関東取締出役は、公事方勘定奉行と江戸詰の代官が連印の身分証明の証文が、出役の度に一々出され、必ずそれを携えて出役する。

鉄之助は、証文を名主の前に差し出した。

「関東取締出役の蕪木鉄之助と申す。これは、出役を命じられた勘定奉行さま並びに御代官様連印の証文にて、ここにおるのは、わが一手の者だ。まずは証文を確かめよ。そのうえで、内々の御用を伝える」

「へへえ」

名主と村役人が畏まって証文を確かめ、それを鉄之助に戻し、

「御用の向きを、承ります」

と恭しく言った。

年配の出役と後ろに着座した侍が二人、これも年配の小者がひとり、さらに後ろに控えたいかにも御用聞風体の二人を、それとなく見廻した。

田畑が殆どない湯治場の温泉郷で、山働きが主な山村ばかりのこのあたりまで、八州様が巡廻してくることは、何年もなかった。名主らには、八州様が思っていたより年配でくたび

れて見えた。

「道助おたみの一味四人に、われらが出役しておることを気づかれては、断じてならん。名主殿の心知れたる者だけに命じ、元湯郷の《柴山》に滞在しておる一味の動きを見張らせ、逐一知らせてもらいたい。われらは相役の西野殿の一手が到着次第……」

とそのほか指示を細々と与え、最後にもう一度念を押した。

「繰り返すが、われらの出役を一味に気づかれぬように、その気配りは頼むぞ。相役の西野殿の一手は、一両日、遅くとも三日以内には着くだろう。二手合同により一味をお縄にする。元湯の柴山へ向かう十分な人数も、揃えてもらわねばならん」

「承知いたしました。湯治場各郷の治安を任せた親分衆を集めれば、親分が従えておる子分らに、気の荒い馬子らもおりますので、みなを集めれば三十人以上になりましょう。それだけ揃えれば……」

「よかろう。では頼んだ」

と手配を済ませ、あとは西野武広一手の到着を待つだけになった。

その夜、名主と村役人らが高原村の炭焼きを連れて、また増田に現れた。炭焼きは元湯郷の柴山にも炭の卸し売りをしていて、先月の下旬ごろからかれこれひと月近く、柴山に滞在している四人連れの客を知っていた。

「江戸の深川元町とかの、乾物屋を営む亭主と聞きやした。女房と使用人の二人を連れて、湯治にきたんでごぜいやす。亭主が膝を長く患っていて、杖がないと歩けねえくらい酷かったそうでございやすが、元湯の湯治でずいぶんよくなったと、宿の者が聞いておりやす。亭主の名は吉兵衛、女房はお竹、四十代の半ばぐらいで。使用人の二人は金吉と三太という名で、主人夫婦より十歳かそこら若く、どうやらこの二人は兄弟らしいし、怪しいところはねえと、宿の者から聞きやした。ただ、そいつが言うには、亭主と女房は言葉つきから江戸者のようだが、使用人の兄弟のほうは江戸者らしくねえと」

「その宿の者は大丈夫か」

鉄之助が炭焼きに質した。

「そいつは間違えごぜいやせん。そいつはおらと同じ高原村生まれの、気心の知れた幼馴染みでごぜいやす。けど、八州様のことは一切口に出しておりやせん。少々わけありで、名主さまに頼まれたと言いやすと、それならと話してくれたんでごぜいやす」

「そうか。ならよい。道助は深川元町の乾物屋の倅だ。で、深川元町の乾物商というわけか。四十代半ばごろの夫婦者なら歳も合う。啼きの道助とおたみに間違いあるまい。それにしても、ひと月近くも湯治の滞在とは、道助の膝はよほど悪いのだな。多田、竹本、おぬしらはどう思う」

と、鉄之助は次治と長吉に言った。

「はい。関東八州を荒し廻った啼きの道助も、いよいよ年貢の納めどきがきたようです」

次治が言った。すると、

「一つお聞きしたい。よろしいか」

と長吉が炭焼きに言ったので、名主と村役人が意外そうに長吉へ向き、炭焼きが「へい」と長吉に頷いた。

「宿の柴山の、周囲の地勢はどうなっているのですか」

「地勢？　ああ、元湯郷は箒川から赤川（あかがわ）へ分かれて、半里（約二キロ）ほどさかのぼった山（さん）麓（ろく）にございやす。湯は赤川の渓流（けいりゅう）沿いに湧いておりやすんで、どこの宿も赤川を背に建っておりやす」

長吉は矢立の筆と紙を取り出し、渓間（たにあい）の元湯の往来と宿、そして、赤川の簡単な絵を描いて炭焼きに見せた。

「宿の表が往来に向き、宿の背戸側に赤川が流れている。このような様子だな」

「へい、大体こんな様子でござぃやす。赤川の川原には、岩だらけの坂を下りやす」

「柴山の両隣に並ぶ宿は」

「ぽつんぽつんと、離れておりやす。昔はあんな山奥でも、元湯千軒と言われるぐれえ湯治客で賑わっていたと、言い伝えられておりやすが、大地震があって湯が減り、今はずい分寂しい湯治場でござぃやす。けど、それがいいという湯治客もおりやす」

「川原へ下り、赤川を徒（かち）で渡ることはできるのか」

「さあ、それは。流れの速い渓流でございやすから。土地の者なら、飛び飛びに岩場を伝って渡る場所を、知っているかもしれやせんがね。大分山奥のほうまで行けば、猟師や樵が使う吊り橋が架かっておりやす。おらも渡ったことがごぜいやす」

「一味が赤川を渡って逃げる場合を、考えているのか」

鉄之助が長吉へ向いて言った。

「その場合が、気になります」

「八州様。宿の背戸側はあっしらにお任せくだせえ」

と、目明し番太の軍三が申し出た。軍三と子分は、塩原温泉郷の道案内と、御名差しの捕物に八州様の一手に加わるよう、小川宿寄場の惣代に命じられていた。

「あっしに手勢を五、六名、いや二、三名もつけていただけりゃあ、八州様とご家来衆が手勢を率いて、宿の表側から堂々と踏み込んで、一味が慌てて背戸側へ逃げ出してきたところを、四人まとめて一網打尽にしてやります」

「どのように手配りするか、西野殿の一手が到着してから、西野殿の指図に従わねばならん。ほかの湯治客もおるのだ。巻き込まぬよう気をつけねばならんし」

鉄之助は苛だっていた。

四

西野武広一手の到着が遅れていた。

妙雲寺門前の温泉郷に着いて、丸三日がすぎ、四日目になっていた。御名差しの命令書を受けて、即座に江戸を出立しているはずだが、なぜ遅れているのかわからない。

一味が元湯を出立したらどうなる。もう十五年以上も関東八州を荒し廻った一味を捕縛する千載一遇の機会を、逸することになり兼ねなかった。

というのも、妙雲寺門前に着いて三日目の昨日、乾物商の夫婦と使用人の四人が、湯治を終えて近々出立するらしい話が聞こえていると、元湯の見張りより知らせが届いていた。

昼になって、鉄之助は六兵衛に、大網まで行き、西野の一手の到着はまだか、確かめてくるようにと命じた。

ところが、六兵衛が増田を出かけるとき、元湯の見張りから、乾物商の夫婦と使用人の四人が、明朝、宿を発つことになったと、急ぎの知らせがもたらされた。一味が出立するのを、見逃すわけにはいかない。

いたし方あるまい。西野の一手の到着を待たず、今夜、元湯郷に向かい、啼きの道助おたみ一味を捕縛する、人数を揃えるべしと知らせを走らせた。

山峡の夜は早い。日がとっぷりと暮れたころ、妙雲寺門前の温泉郷に、各郷の治安を任せた親分衆と子分らのほかに、山峡の荷送を請負う馬子らも集められた。人数は、触れがまだ廻っていない郷もあって、三十名には足りなかったが、鉄之助は人数が揃うまで待つ気はなかった。

六尺棒や突棒、刺股などの捕物道具、提灯、またおのおのの得物を携えた捕り方が、旅籠の増田の前に勢揃いし、鉄之助は宿の柴山の正面から踏み込む一隊と、宿の背戸側へ廻る一隊の手配をした。

表側から踏み込む一隊は、鉄之助が率い、足軽の次治と長吉、小者の六兵衛が鉄之助に従った。宿の背戸側に廻る一隊は、小川宿の目明し番太の軍三が、

「あっしにお任せくだせえ。捕物には慣れておりやす。抜かりはありやせん」

と熱心に言うので、指図を任せた。

「目当ては、啼きの道助、女房のおたみ、手下の二人の四人だ。道助と女房のおたみは四十代の半ば。手下の二人は十歳ほど若い。道助は吉兵衛、おたみはお竹、使用人の二人は金吉と三太と名乗っている。手向かいしたり、逃げ出したときはいたし方ないが、手向かいせぬなら、手荒な真似をしてはならん。われらの改めが済むまで、大人しくさせておくだけでよい。ただし、目当ての四人が啼きの道助とおたみ一味に相違なければ、この年月、お上の手を巧みに逃れ、八州を荒し廻った押し込み強盗一味だ。何人も手に掛けておる。油断はする

な」

鉄之助が言うと、勢揃いした捕り方は気を昂ぶらせて喚声を上げた。事情を知らない湯治客は、どうやら八州様の捕物が始まるらしいね、などと言い合った。そして、提灯を提げた案内の村役人らを先頭に、八州様率いる物々しい捕り方の一団が出立していく様子を、物見高そうに見守った。

箒川から赤川の山峡の道に分かれ、夜もだいぶふけたころ、元湯郷に入った。月も星のきらめきもなく、元湯郷は夜の闇の中に、早や寝静まっているかに思われた。崖下を流れる沢の音が、闇の静けさをわずかに破っていた。

「あれが柴山でございます」

案内の村役人が、暗闇の前方の宿の影へ提灯をかざした。ぽつんと一軒、入母屋ふうの屋根のぼうっとした黒い影が、夜の闇を透かして認められた。

鉄之助は軍三へ目配せを送り、柴山の背戸側へ廻るよう指示した。軍三の低い声が捕り方を指図し、背戸側へ廻る捕り方の提灯の明かりが、揺れながら宿の裏手へと消えて行き、一方の表から踏み込む捕り方は、柴山の店頭をぐるりと囲んだ。

「始めろ」

鉄之助が命じ、村役人のひとりが提灯を下げ、柴山の表の板戸を叩いた。

「今晩は、柴山さん、今晩は。夜分畏れ入ります。お上のお改めでございます。柴山さん。

お上のお改めで」

　どんどん、どんどん、と板戸が元湯郷に物々しくとどろいた。村役人が板戸を叩き続け、ほどなく戸内の声が返った。

「柴山の主人でございます。お上のお改めと申しますと……」

「八州様のお改めでございます」

「えっ、八州様のお改め？　そちら様は」

「妙雲寺門前の村役人を務めます、左与吉でございます。柴山さん、急いでください」

　板戸が震え、恐る恐る引き開けられた。柴山の主人が顔を出し、捕り方のかざした提灯の明かりが眩しそうに目を細めた。

　鉄之助が、浅黄の紐と房を垂らした十手を抜き、主人を押し返すように宿の前土間へ踏み入り、提灯の明かりが前土間を照らした。次治、長吉、六兵衛も十手を抜いて、鉄之助に続いて前土間に踏み込んだ。女房らしき女や使用人らが、通路の奥から、不安そうに顔をのぞかせている。

　店の間から古い板階段が二階へ上がっていて、鉄之助が二階を冷やかに見あげた。

「亭主、湯治客の部屋はみな二階か」

「さようでございます」

「当宿に先月より、江戸深川元町の乾物商吉兵衛と竹夫婦、並びに使用人の金吉と三太が、湯治のために投宿しておるな。改めである。その者らの部屋へ案内せよ」

「は、はい。江戸深川元町の乾物商吉兵衛さんとお竹さん、それと使用人の金吉さんと三太さんでございますね」

「そうだ。いたずらに宿を騒がせたくない。ぐずぐずするな」

鉄之助の厳しい口調に主人はたじろぎ、あたふたと店の間へ上がり、板階段を踏み鳴らした。鉄之助、次治、長吉、六兵衛、そして、捕り方もみな草鞋のまま続き、切落し口から二階へ上がった。

二階は、数組の湯治客が相部屋の大部屋があって、間仕切の奥にも部屋があった。大部屋の客は多くはなかった。騒ぎに目を覚ました客が、行灯に明かりを灯していた。

「お改めでございます。みなさまどうぞそのままに願います」

主人は驚いた様子の客に声をかけつつ、奥の部屋へ行き、

「こちらでございます」

と、間仕切へ手を差して言った。

「お客様。お改めでござい……」

主人が言い終らぬうちに、次治と長吉が間仕切へ進み、勢いよく両引きにした。

「あっ」

声を上げたのは、六兵衛だった。

奥の部屋には、寝乱れたあとの布団が残されているばかりで、客の姿はすでになかった。部屋の奥に一枚の引戸があって、それも引かれたままになっていた。

「亭主、あの戸はなんだ」

「あれは厠と沢の湯泉へ、大部屋を通らず行けるように外階段がございます」

そのとき、宿の背戸側で叫び声が起こり、捕り方の呼子が、甲高い音を渓間に響かせた。

「わあっ」

「逃がすな」

「沢へ逃げた。追え追え」

怒声や喚声が続いて飛び交った。

長吉は亭主が、あれは、と言うより早くその引き戸から外階段を駆け下りていた。

宿の背戸側へ出ると、沢へ下る崖や川原と思われる暗い眼下に、幾つもの提灯が右往左往していた。背戸側を押さえていた捕り方の動きは、いきなり逃げ出してきた道助おたみ一味を取り逃がし、闇雲に追いかけて乱れていた。

即座に、長吉はごつごつした岩だらけの崖道を沢へ下り、すぐ後ろを次治が追ってきた。ところが、次治が足を滑らせ、二人が絡まって崖道を転がり落ちかけた。長吉は足を踏ん張り、かろうじて次治を支えた。

「済まん済まん」

と、次治が言ったそのとき、すぐ下の沢で、ぎゃあっ、と獣のような絶叫が山峡に谺した。

人の声が一瞬かき消え、呼子と沢の音だけになった。

長吉と次治は、廻りの山も赤川の渓流も暗闇にまぎれた川原へ駆け下った。二人は捕り方らの提灯が照らしている岩肌に、ぐったりと寄りかかった軍三を見た。

「親分っ」

軍三の子分が甲高い声を張り上げ、分厚く重そうな軍三の身体をゆすっていた。しかし、軍三は力なく垂れた首をゆらし、首筋から噴きこぼれる血が、川原の石に糸が垂れるように滴っていた。捕り方はみな、啼きの道助おたみ一味を沢の深い闇の中に見失い、意気阻喪したきょとんとした顔つきで、すでに亡骸となった軍三を囲んでいた。

そこへ、鉄之助と六兵衛が、表側から踏み込んだ捕り方とともに、沢に下りてきた。

「軍三か」

鉄之助が亡骸に気づいて言った。

「一味はどうなった」

と聞いたが、誰も何も答えなかった。

五

翌日の昼すぎ、西野武広の一手が妙雲寺門前の温泉郷に到着した。

鉄之助より二十歳以上も若い西野は、その前夜の顚末を知ると、顔面が蒼白になり、小鼻を震わせ息を荒らげ、怒りを抑えている様子だった。

「それはまた、なんと申してよいのやら……」

怒りに震えながらそれだけを言い、あとは重たく口を閉ざした。

鉄之助と西野は、増田の二階の十畳間に向き合っていた。出格子の下の往来で、湯治客や妙雲寺の参詣客の言い交す声が、重たい沈黙が続く部屋に聞こえた。温泉郷の木々で、山の鳥がのどかに囀っている。

西野の後ろには、二人の雇足軽、小者、矢板宿の寄場で、塩原の温泉郷の地理に明るいので選ばれた二人の道案内が、西野の不機嫌に添うかのような不愛想な顔つきを、次治と長吉と六兵衛に寄こしていた。

長吉ら三人は鉄之助の後ろに畏まっていたが、むろん、道案内の軍三と子分はいない。

西野武広は、三十三歳と聞いている。

文政九年（一八二六）に、臨時の関東取締出役二名が新たに増員された。関東取締出役は十名となって、十名十手の体制は、文政十三年（一八三〇）の今年も続いていた。

西野武広は、その折りに任じられた代官所の手附で、手附に採用される前は、鉄之助と同じ小普請の御家人だった。

今年五十七歳の、出役にしては高齢の鉄之助に対し、横柄な素振りを隠さなかった。

雇足軽も小者もまだ、二十代と思われた。長吉と何気なく目が合った雇足軽のひとりは、なぜか、長吉にうす笑いを寄こした。

「それで、蕪木殿」

と、西野は上目遣いに鉄之助を見つめ、役目上言わぬわけにはいかぬ、という苛立ちを露わにした。

「この失態に、どのような始末をつけるおつもりですか」

「啼きの道助おたみ一味を捕える千載一遇の機会を逸し、捕り方に死人まで出したのですから、指図したわたくしの落ち度に違いはない。まことに残念でなりません。まずは、江戸の御奉行様に一味を取り逃がした子細を、書状にてご報告いたします」

「書状にて？　御奉行様にご報告は当然だが、それだけですか」

「巡廻の勤めがありますので、巡廻を続け、御奉行様のお指図を待つしかござらん」

西野が首をひねった。

「このたびの失態を、まるで他人事のように申される。蕪木殿、御奉行様にどのようなご報告をなさるのか、お聞かせ願います」

「どのようなとは、今申したではありませんか。小川宿の寄場で御奉行様の命令書を受け、急ぎ妙雲寺門前にきてから昨夜までの、西野殿に話した通りの経過を、ご報告いたしますが。なんぞ不明でも」

「二、三、お訊ねいたす。よろしいか」

西野の物言いが、取り調べのような口調になった。鉄之助はむっとした沈黙を返した。西野は気づかずに言った。

「元湯郷の柴山に、道助おたみ一味四人が、深川元町の乾物商吉兵衛お竹夫婦、使用人の金吉三太と偽り滞在していると、聞きつけたのでしたな」

「いかにも」

「では、一味を間違いなく捕縛するため、四人の人相のみならず、柴山周辺の宿の配置、山峡の地勢、柴山の間取りなど、土地の者の知らせに頼るだけでなく、ご自分の目で直に確かめられましたか。まさか、知らせを聞いただけで、あとは湯につかって無為にすごされたのでは、ありますまいな」

「湯につかって無為にだと？」

鉄之助は西野を睨んだが、まあよいか、と呟き、気持ちを落ち着けて言った。

「山峡の地勢や柴山の内情は、土地の者や宿の者らを通じて聞いたのみです。われらが直に確かめに行って、万が一にでも一味に気づかれてはならぬと、用心したのです。一味の見張りは宿の者がやり、動向の知らせは、逐一届いておりました。柴山の主人夫婦やほかの使用人らには、われらが網を張っていたことに、気づかれておりません。村役人の中でも、われらを知っていたのは、名主と主だった数人、それとこちらの増田の亭主のみです。とにかく、一味に気づかれぬことを第一義と、心がけたのでござる」

「だがその結果として、道助おたみ一味を取り逃がしたばかりか、捕り方に死人まで出したのは、手抜かりがあったと、結果が伴わなければ、第一義だろうとなかろうと意味がないと、申さざるを得ない」

「万全であったとは、申しておりません」

「今ひとつ。柴山に踏み込んだ際、何ゆえ宿の亭主に案内させたのです。それではわれら八州が召し捕りにきたと、一味に逃げよと合図を送るようなものだ。なぜそのような悠長な手だてを取られた。表側と背戸側から、同時に宿の戸を蹴破って踏み込み、一気呵成に一味の寝間に迫ったなら、よもや取り逃がす不始末など、あろうとは思われない。そうではござらんか」

「宿には、ほかにも湯治客が宿泊しておるのです。有無を言わさず踏み込んで、乱戦の果てに、罪のない湯治客に怪我人や死人が出たらどうなる」

「それが手ぬるいと言うのです。よろしいか。噂きの道助おたみ一味は、十六、七年も前から関東八州の村や町で押し込み強盗を働き、殺めた人の数も、十指では足りない。一味をお縄にすることは、出役に課せられた重きお役目、いや宿願と申してよい。周りに傍杖を食わすことを恐れて折角のその機会を失い、野放しにしては、却ってもっと多くの民を苦しめ、命を奪うことになる」

「数を言うのではない。振る舞いのことを言うておるのです」

「まだござるぞ。このたびの御奉行様の御下知は、わたしが申しつかり、蕪木殿の一手が助役に加わって、一味捕縛に万全を期する目論見だったはず」

「さよう。西野殿の指図に従い、西野殿の一手と合同して、啼きの道助おたみ一味の捕縛に当たれと、御奉行様のお申しつけゆえ、西野殿の到着を待っておりました」

「にもかかわらず、わが一手の到着を待たず、昨夜、何ゆえ捕縛に向かわれた。その結果がこの不始末なのですぞ」

「何を言われる。見張りの者より、明日朝、すなわち今日の朝にも、一味四人が宿を出立するという急ぎの知らせが届けられた。よって、西野殿の到着を待っていては、一味の出立を許すことになると判断したと、そう申したではありませんか」

「結果が出せなかったのだから、蕪木殿の判断が誤っていたとは、思わないのですか。蕪木殿、結果がすべてなのです。こう申してはなんですが、蕪木殿のご高齢では、道助おたみ一味を召し捕るのはむずかしいのでは。率いておられるご家来衆も、年配の者ばかりだ。寄場から寄場へ巡廻して、村役人どもの報告を聞いて済む役目だけなら、それで事なきを得るでしょうが、関東取締出役の本来の、治安維持強化、あるいは無宿どもに有無を言わせず召し捕え、無頼な者どもが刃向かうならば、容赦なく斬り捨てる。そのために、出役には、討捨て御免が許されております。有体に申せば、蕪木殿が率いておられる年配の方々では、捕縛に向かった判断は間違っていた、と申さざるを得ない」

六兵衛と次治は肩を落とし、顔を伏せていた。長吉は平然としていたが、西野の後ろの若い足軽が、長吉へまたにやにや笑いを向けてきた。

「どうすれば、よかったと？」

「例えば、一味の出立とともに誰か人をつけてそのあとを窃に追わせるのです。一味が隠れ処なり、どこかに落ち着いたときを見計らって、出役に知らせに戻り、そのときこそ万全の構えを整え、捕縛に向かうのです」

「万全の構えだと」

鉄之助の肚の底から、低い声が絞り出された。鉄之助は怒りに血走った眼を西野に向け、しばしの間を置いた。

西野は鉄之助の眼差しに威圧され、思わず上体を引いた。

「武広……」

と、鉄之助は低い声で呼び捨てた。

「おぬし、思いつきでそこまでいい加減なことを、よくもぬけぬけと言うたな。誰か人をつけるだと。誰かとは誰だ。一味のあとを窃に追って、隠れ処なりどこかに落ち着いたときだと。そのときはいつだ。翌日か、三日後か。十日後か。ひと月後か。半年後か。一年か。三年か。十年か。おぬしの今の言葉、覚えておけよ。御奉行様のご報告に、必ず入れておく」

「い、いや。わわ、わたくしは例えばと申しただけで、何かほかによい手だてが、あったのではないかなと、お、思い、ご参考になればと……」

「武広、おぬし三十三歳だな。小普請の西野家は知っておる。おぬしの父親もだ。蕪木家も同じ小普請だったからな。武広、代官所の手附に採用され、一生を小普請で送らずに済んで助かったと、思っているな。八州様に任じられて嬉しかったか。だが、人の一寸先は闇ぞ。御奉行様の御下知の証文は、八日前に出されていた。おぬし、御奉行様の臨時取締出役の御下知を受けて、江戸からこの温泉郷まで、なぜ八日もときがかかったのだ。御奉行様の御下知を受けて、遅くとも翌朝には江戸を出立したはずだ。どこかへ寄り道する御用を、言いつけられていたのか。いや、ついでにどこそこへ寄れなどと、そんな御下知があるはずはない。そうか。おぬし、御下知を受けたにもかかわらず、すぐに出立しなかったのだな。出立の支度と称して、屋敷に籠(こも)り、朝寝朝酒を貪(むさぼ)っておったか。その若い家来衆と、啼きの道助おたみ一味を召し捕る手柄をたてる前祝の、酒宴を開いておったか。応(こた)えろ、武広っ」

鉄之助の厳しい声が飛んだ。

その声が往来にまで聞こえたのか、外の通りがかりが交す話や笑い声が途切れた。旅籠の増田の中も、急にひっそりした。

西野は返す言葉もなく、両肩を縮めていた。

西野の後ろで、さっきまでにやにやして長吉を見ていた足軽は、不貞腐(ふてくさ)れた顔を出格子のほうへ向けていた。


西野武広の一手は、翌日の夜明け前、鉄之助にひと言の断りもなく、温泉郷を発って行った。鉄之助が西野の一手の出立を知ったのは、朝寝をして目覚めてからだった。巡廻の旅を続けている期間は、旅の疲れの所為でよく眠れた。それに前夜は、江戸の勘定奉行様へこのたびの顚末を報告する書状を認めるのに、夜更かしをした。

関東取締出役の八名八手、今は臨時出役が二名加わり十名十手は、十手総員が関東八州を巡廻するのではない。半数の四手、もしくは五手が巡廻し、半数は馬喰(ばくろ)町(ちょう)の御用屋敷に出仕し、日常の業務を務め、あるいは、御名差しなどの臨時の取締出役に備える。

出役のお指図がない時期、鉄之助の眠りは浅く、目覚めも早かった。ぐっすり眠りたいが、眠り足らぬまま目覚め、それからはもう眠れなかった。

その朝の目覚めは、心地よかった。西野の一手の出立は、六兵衛に伝えられた。

「何も伝言はないのか」

「旦那様に何かお伝えいたしますか、と訊ねましたが、よい、と素っ気ないご返事でございました」

「そうか。顔を合わせづらかったのだろう。未熟者め。あの男、御奉行様にどう釈明するつもりだ。仕方ない。放っておこう」

鉄之助は少し可哀想(かわいそう)になった。言い過ぎたかなと思った。

軍三の亡骸は、妙雲寺の墓所の片隅に葬(ほうむ)られ、卒塔婆(そとば)がたてられた。同じ日の朝、軍三の子分が、振り分け荷物に親分の遺髪を入れて小川宿へひとりで戻って行った。

第二話 農間渡世

一

温泉郷の道案内を二名たて、妙雲寺門前を出立した。大田原、黒羽城下をすぎ那須まで行き、那須からは奥州道の寄場を巡廻し、宇津宮方面を目指した。鉄之助の一手は、江戸を発つ前、あらかじめ見込んでいた巡廻の行程に戻った。

これまでの道中は、運よく好天に恵まれていたのが、奥州道の那須野原でひどい雷雨に悩まされた。越堀宿の宿場はずれの那珂川の渡船場が、那珂川が増水して、川止めになったため、数日を費やした。宇津宮城下から奥州道をはずれ、鹿沼への往還をとり、鹿沼、栃木、茂呂、天明、と目指したのは、夏が日に日に長けて行く五月だった。

それまでの野州の巡廻では、無頼な無宿者の犯罪の探索や取り締まりに、鉄之助の一手が乗り出したのは一件だけだった。

喜連川の貸元と氏家の貸元の間で、縄張りを廻ってごたごたが起こり、その縄張り争いを聞きつけた無宿が、野州や上州から喜連川にも氏家にも流れてきて、双方の貸元の下に一宿一飯の恩義を受けている、としばらく前から言われていた。

喧嘩が始まったときの助っ人である。

鉄之助の一手が喜連川の寄場に入ったのは、両貸元の子分らの小競り合いが、喜連川城下はずれの、五行川の川原で起こった数日後だった。

八州様の巡廻の噂が流れると、周辺の村を縄張りにする貸元は、八州様が巡廻を終えて出立するまで、賭場を閉じ、貸元同士のもめ事があっても、目だつ振る舞いは控えた。

鉄之助は、喜連川と氏家の貸元のごたごたと、無宿が多数草鞋を脱いでいる報告を受け、喜連川の大惣代に、無宿どもを集めて喧嘩闘争の狼藉は怪しからん、即刻、喜連川、氏家の無宿どもを全て取り押さえ、寄場に引っ立てよと命じた。そして、自らも一手を率いて乗り出し、目明し番太と子分衆らを指図して、喜連川の貸元の下に草鞋を脱いでいた、十数名の無宿に有無を言わさず縄を掛け、寄場にしょっ引いた。

一方、氏家でも、寄場役人が貸元の店に出向き、お上に逆らうのは拙い、と貸元を説得して、こちらは九人の無宿人に縄を掛け、喜連川の寄場にしょっ引いた。双方の貸元は、羽織袴に扮装を整え、無宿人につき添い寄場に出頭した。

寄場の白州に、双方合わせて二十人ほどの無宿人らが、敷並べた筵に居並んだ。白州に面した執務部屋に鉄之助が着座し、寄場役人が無宿人のひとりひとりに、生国の何村無宿誰某と名を聞き取り、江戸町奉行所や勘定所より触れが廻っている罪人の生国姓名と照合し、罪があれば江戸送りを命じ、罪がない無宿人は、引取人の貸元に引き取らせた。

引取人は、身元の確かな安心できる者に限るが、博徒らを従える貸元も、その土地では名の知られた顔利きで、引取人になった。

喜連川の寄場の無宿人改めで、江戸送りになる無宿人は見つからなかったため、それぞれの貸元にみな引き取らせた。

数日後、喜連川と氏家の貸元の縄張り争いは手打となり、双方の貸元に、一宿一飯の世話になっていた無宿人らは、また無宿渡世の旅烏に戻って、喜連川からも氏家からも姿を消していく。

鉄之助が自ら乗り出した取り締まりは、それだけだった。というのも、関東取締出役は、文政十年（一八二七）の改革以来、無宿人の取り締まり、農村の治安維持強化のみならず、関東の農政へも、その役目を広げることになっていたからである。

寛政の世以前から、江戸を中心にした莫大な貨幣の流通が、関東の農村にも止めどなく広がり進行して、農業ひと筋の農村の暮らしが、次第に変貌しつつあった。

関東農村に、流通する貨幣が増大するに従って、貨幣を得るため、農業より余業、農間の渡世に従事し、農間渡世を主な生業にする農民が、増えていた。寛政年間より、徳川幕府は、関東農村に広がる農間渡世の実情を、将軍の鷹狩り場を管理する鳥見役に、窃に探らせてきた。その調べを、文政十年の改革によって、鳥見役に代わり、関東取締出役が八州全域にわたって、統一して行うことを命じられたのだった。

文政十年四月、関東取締出役は、乱暴狼藉を働く無宿人の捕縛、神事祭礼などの質素倹約、村方での芝居興行の禁止と風俗取り締まり、農間渡世を抑制し農業を専一にすべし、と四ヵ条の教諭書を、関東の村々へ触れ出していた。この四ヵ条の教諭書の中で、農民の農間渡世の実態の調べと抑制が、出役のもっとも重大な役目になっていた。

すなわち、街道筋に設けられた寄場から寄場へと巡廻し、寄場役人から、寄村内各村の全戸数、農間渡世従事者の総数を聞き取り、その中で風俗取り締まりにかかり合いのある居酒屋、髪結、湯屋、煮売屋、大小の刀の研屋、腰物類売買の六業種についている者らについて、人名と開業年を詳細に報告させるなど、農村の農間渡世の実態調査こそが、関東取締出役に課せられた、主要な役目になっていたのである。

長吉が、まだ嵐のような蟬の啼き騒ぐ季には早く、往還端の檜や黒樫や椎などの木々の間で、とき折り、春蟬の思い出したようにしいしいと啼く声を聞いたのは、六月の半ばだった。そうして、天明の寄場雇いの道案内二名を先頭に、鉄之助率いる一手六名の後尾につきながら、夏の日射しの下、梁田郡梁田を目指した往還の北の方角に、濃い藍色を連ねる足尾の山嶺と、山嶺よりはるかに高く、白い雲が幾重にも重なり合い、紺碧の空へ上って行く美しい景色を、うっとりと眺めたのは、早乙女の田植のころもすぎ、夏の暑さが盛りとなったその月の下旬だった。

一手六名は、梁田郡梁田の寄場を出立し、渡良瀬川を越え、上州の新田郡へと入った。江戸を出立して早や半年がたって、長旅の疲れと、じっとりと汗ばむ暑さが身に応えた。誰も口を聞かず、黙々と重たい歩みを運び、次の寄場の新田郡の新田へと向かった。

上州新田郡の新田村には、周辺十数箇村の小寄村の寄場があって、小惣代が寄場役人を統括している。新田村はまた、利根川を越えて武州熊谷（くまがや）宿へといたる、脇往還の宿駅でもあった。新田村の村境に、目明し番太が五人の子分をぞろぞろと従（したが）えて出迎え、

「八州様、お役目、ご苦労様でございやす。新田宿の寄場までは、あっしが道案内を務めさせていただきやす」

と、鉄之助一手の先導を始めた。

その新田村の寄場へ向かう、百姓持林（ひゃくしょうもちばやし）の林道でのことだった。子供らの言い合う甲高（かんだか）い声が飛び交い、林の奥に集まった子供らがちらちらと見えた。

賑（にぎ）やかな声が途切れた合間に、しょうぶ、しっちのはん、と聞こえた途端、喚声や笑い声が続いた。

「なんだ。あれは子供らだな」

鉄之助は歩みを止め、林間の子供らを見遣（みや）った。すかさず、目明し番太が、

「おい、見てこい」

と、子分のひとりを行かせた。

尻端折（しりはしょ）りの子分が、小走りで木々の間を行き、子供らの集まりをそっと覗（のぞ）いてから、やがてまた小走りで戻ってきた。

子供らは戯（たわむ）れに夢中らしく、はったはった、ちょう、はん、と無邪気な高い声を投げ合っ

ている。

「がきらが七、八人ばかしで、筵を敷いて丁半のご開帳でやすぜ」

子分が目明し番太に、壷を振る仕種を真似て見せた。

「なんだと。がきどもが丁半だと。八州様のお見廻りの最中に、とんでもねえことだ。仕付けの悪い馬鹿たれが。どこのがきどもだ」

「へい。酒屋の喜一とこの……」

子分が子供らの名を次々に上げ、最後に、

「筒取りと壷振りは、杉作のようですぜ」

と、ちょっと勿体をつけて言った。

「やっぱり杉作か。あいつはどうしょうもねえ悪がきだ。悪知恵ばっかりつけくさって、まったく手に負えねえぜ。やくざな親父の血は争えねえな」

目明し番太が、顔をしかめて言った。

「子供らが、さいころ博奕をやっておるのか」

鉄之助が目明し番太に質した。

「へい。どうやらそのようでございやす」

「銭は賭けておらんのだろう」

「一文銭やら四文銭が見えやしたんで、本物の銭を賭けてやがるんです」

子分が言った。

「幾つぐらいの子供らだ」

「五、六歳から、十歳かそこらぐらいのがきでやす」

「五、六歳？　そんな子供にさいころ博奕ができるのか。出目の数も、ちゃんとは数えられんだろう」

番太が、さあ、と首をひねった。

「そうか。わずかでも本物の銭を賭けて、子供が博奕に興じておるのを、見逃すわけにはいかんな。多田、竹本、子供らを連れてこい。親を寄場に呼んで、少し言い聞かせて引き取らせよう」

はい、と次治と長吉が行きかけるのを、目明し番太が止めた。

「八州様。ここはあっしらにお任せくだせい。この村のがきどもの顔も名前も、誰の倅かもひとり残らずわかっておりやすんで」

と、鍛鉄の自前の十手を抜いた。

「では任せる。ただし、子供に手荒な真似はするなよ」

「承知しやした。よし、おめえら。そっと近づいてひとり残らずしょっ引くぜ。手荒な真似はするんじゃねえぞ」

目明し番太と五人の子分は、林道をはずれ、林の中へそろそろと踏み込んで行った。

だが、親分の番太を入れて、六人の男らが、忍び足で林の中を進んで行っても、多感な子供らが、気づかないはずがなかった。

ひとりの童子が番太らに気づいて、悲鳴を上げた。廻りの子供らは金切声を甲走らせ、たちまち逃げ散った。

「待てえ」

目明し番太と子分らが、慌てて追いかけたが、すばしっこい子供らに追いつけず、どうしていいのかわからず、うろうろしていた小さな子供と、銭を集めて逃げ遅れた子供の二人だけを、首根っこや腕を荒っぽくつかまえ、林道のほうへ引き摺ってきた。

「だろうなと、思ったよ」

次治がそれを見て、うす笑いを浮かべた。

小さいほうの子供は怯えて、声を放って泣いていた。

「逃げたがきどもは、みな顔がわかっておりやすんで、あとでしょっ引いてきやす。けど、壺振りと筒取りのこの杉作が、村一番の悪がきでやすから、こいつを懲らしめに仕付けて大人しくさせりゃあ、村のがきどももみな震え上がって、いい子になりやすぜ」

目明し番太が、自前の鍛鉄の十手で首根っこを子分につかまれた杉作の頭を、こんこんと叩いた。

「放せ。痛い痛い」

杉作が痩せた小さな身体をよじり、片手で頭を庇った。もう一方の手は胸に押し当て、博奕の銭をにぎっているらしい。

「よさないか。子供に手荒な真似はするな。二人とも放してやれ。大丈夫だ。逃がしはせん」

鉄之助が、番太と子分らに命じた。杉作の首根っこをつかんでいた子分が手を放すと、

「ああ、痛かった。この野郎、許さねえぞ」

と、細い首を擦りながら、子分を睨み上げ、尻端折りの毛深い脛を蹴った。子分は平然としていた。

「小蔵、大人しくしないか。おまえは杉作と言うのだな。幾つだ」

「九つだ」

「そっちのおまえも、名と歳を言え」

「しげた……」

茂太はしゃくり上げつつ答え、小さな掌を広げて見せた。

「五つか」

茂太は頷いた。

「茂太は、丁半がわかるのか」

小さな首を、左右に振った。すると杉作が、大人びた口調を真似て言った。

「茂太は博奕に手は染めてねえ。ただ見にきてただけだ。本途だぜ。だから解き放ってやってくれ」

鉄之助は苦笑し、杉作に向いて訊いた。

「まだ九つの杉作が、丁半博奕の筒取りと壺振りをやるのか。しかも、子供が銭を賭けるのか」

「そうさ。銭を賭けてやるかいって聞いて、やるって言うから、おらが賭場を開いて、壺も振るし、丁半揃うように自分でも受けなきゃならねえ。筒取りは、傍から見てるほど楽じゃねえんだ。子供だからって、手は抜かねえし、いい加減な勝負はやらねえ。そんなことをしたら、すぐに足下を見られて、お客さんは離れちまう。みな本気なんだ。銭がかかってるしよ」

「何を言いやがる、生意気ながきが。博奕は御法度だ。牢へぶち込まれてえか」

番太が杉作の頭を叩いた。杉作は俊敏に番太の掌を躱し、

「てめえはどうなんでえ。番太小屋で、暇さえありゃあ、丁半やら骨牌やら、博奕ばっかりじゃねえか。てめえらこそ牢屋行きだ。こっちは何もかもお見通しだぜ」

「この糞がき、許さねえ」

手を振り上げた番太を、長吉が間に入って止めた。

「子供の言うことだ。一々向きになるな」

すると、杉作は長吉にも食ってかかった。

「おい、お役人。子供だからって、馬鹿にするんじゃねえぜ。言っとくが、丁半は遊びじゃねえんだ。おらの生業さ。稼がなきゃあならねえんだ」

「杉作。八州様のお訊ねが終ってないぞ」

長吉は杉作を落ち着かせた。杉作は鉄之助へ見返り、不満そうに言った。

「八州様、何でも訊きな。ただし、こっちにも都合があるから、話せることと話せねえことがあるぜ。そいつは承知してくれ」

杉作は聞かん気そうな目つきを、鉄之助に向けた。すすり泣きになっていた茂太は、鉄之助の目と目が合い、不安そうに瞼をぱちぱちさせた。

そのとき、六兵衛が茂太の小さな肩に手を添えた。

「茂太、恐がらなくてもいいんだ。ほんの少し、おまえたちの話を訊くだけだ。おまえの知ってることを話して、知らないことは知らないと答えたら、それで仕舞いだ。誰もおまえたちを叱ったりはしない。家に帰って、お父っつあんとおっ母さんに、戻った、と言えばいいんだ。わかるな」

茂太は人形のような、ぷっくりとした唇を結び、六兵衛を見あげて頷いた。

「茂太は見ていただけか」

鉄之助が声をやわらげて質した。

「うん」

「うんじゃねえ。へいだ。八州様に、へいってお答えしねえか」

番太が横から叱りつけ、茂太はぴくりと細い肩を震わせた。

「よさないか。うんでよい。子供を無闇に恐がらすな」

鉄之助は番太を制した。

「杉作とは仲良しか」

「うん」

「丁半はわからないのに、見ているだけで面白いのか」

「うん。杉作は丁半が強いんだ。いつも勝つから楽しい。丁半の稼ぎがいいときは、田助爺ちゃんとこの、さとう餅を食わしてくれるし」

「田助爺ちゃん？」

「木崎へ出る辻で、掛茶屋を営む田助爺さんとこで食わせるさとう餅でやす。さとう餅って言うか、こってりした餡をまぶした牡丹餅でやす。甘くて美味えと、ここら辺じゃあ評判でやす」

番太が言った。

「ああ、さっき通りすぎた掛茶屋か。年寄夫婦がいたな。と言っても、わたしより年下かもしれんが。茂太、杉作がさとう餅を食わしてくれるのか。腹が減ったか」

茂太はこくりと頷き、鉄之助を凝っと見上げている。

「よかろう。杉作、茂太、おまえたちを寄場にしょっ引く。腹が減っただろう。まず飯を食わしてやる。話を聴くのは飯を食ってからだ。六兵衛、行くぞ」

「承知いたしました。茂太、さあ行こう」

六兵衛は茂太と手をつないだ。茂太は六兵衛に大人しく手を引かれて行った。

「杉作……」

長吉は杉作へ向き、促した。杉作は、なぜか拍子抜けしたような、空ろな顔つきになって、長吉に並びかけた。胸に押し当てた拳はそのままだった。

「にぎっているのは、博奕で巻き上げた金か」

「こいつは今日の稼ぎだ。いかさまをやったんじゃねえ。誰にも渡さねえ」

「心配するな。誰も取りはしない」

「大人はみんな、嘘つきで意地悪だ」

杉作は、長吉と並んで行きながら言った。

そうかもな、と長吉は思った。だが、口には出さなかった。

そのとき、杉作の手が長吉の手に触れた。触れた手は、長吉の手から離れなかった。寂しそうな、冷たく小さな手だった。長吉は郷里の宇潟のわが子を思い出した。子供の小さな手は、心細げで案外に冷たい。長吉は杉作の小さく冷たい手をにぎり締めてやった。

林の中の彼方此方で、みんみん蟬が鳴いていた。

二

よほど腹が減っていたらしく、新田宿の寄場の台所で、杉作は三杯も飯を平らげた。茂太も飯をお代わりした。

半時（約一時間）ほどして、茂太の父親が、引き取りにきた。寄場の執務所の落縁越しに、筵敷庭があって、茂太の父親と茂太が筵に並んで坐り、畏まっていた。

取り調べではないので、鉄之助は執務所の落縁に畏まらず腰かけ、父子と相対した。寄村の惣代も寄場役人も、執務所に同座していなかった。

「そういうわけで、杉作が言うには、茂太がほかの子供らと混じり、銭を張って丁半に興じていたのではないようだ。ゆえに、茂太を咎めておるのではない。しかし、今はまだ幼いので、丁半博奕の決まりもわからないだろうが、こういうことを放っておくと、いずれ、若いうちから博奕癖がつき、身を持ち崩す元にならぬとも限らん。まあ、この度はたまたまわれらが通りがかって、寄場まで連れてこられ、しかも父親まで呼びつけ吃驚したろうが、少し厳しくした。もうこりごりだろう。あまり叱ってやるな」

鉄之助が言うと、父親は身を縮め、

「まことにご迷惑さまで、ございやした」

と、場都が悪そうに顔をしかめた。

「杉作みてえな悪がきと、遊ぶんじゃねえぞ、誘いにきても知らん振りしてろと、言うただろう。父ちゃんの話を聞かねえから、こういうことになるんだ。いいな。今後、杉作とは一切遊んじゃならねえ。口も聞いちゃあならねえぞ。八州様、もう二度とお手数をかけねえよう、厳しく言い聞かせやす」

「そうか。茂太、杉作とはもう遊ばないと、改めるのか」

茂太は唇を尖らせ、また目をぱちぱちさせた。五歳なりに、どうしたらいいのかと、懸命に考えていた。

「八州様がお訊ねだぞ。はい、杉作とはもう遊びませんと、言うてごらん」

「うん。けど、杉作は優しいし、頭もいいし、喧嘩も強いし。おら、杉作が好きだ。杉作はおらを子分にしてくれたんだ」

茂太が鉄之助を真っすぐに見て言った。

「馬鹿言っちゃあならねえ。杉作みてえな悪がきの子分になったら、杉作と一緒に村から追い出されるんだぞ。帰る家が、なくなっちまうんだぞ」

父親が妙な叱り方をした。

「よいよい。幼い子供の言うことだ。まだ考えが及ばぬのだ。叱るほどではない」

鉄之助は言い、ふと考えた。

「今申した、杉作と一緒に村から追い出されるとは、どういうことだ」

「あ？　へい。それは、杉作も今に父親みてえになるぞと、村の者はみなそう思っておりやすので、つい余計なことを申しやした」

「杉作は両親がいないそうだな。叔父の松二郎が親代わりと聞いた。松二郎が杉作を引き取りにきてから、詳しく訊ねるつもりだったが、両親がいないのは、むずかしい事情があるのか」

「むずかしい事情ではございやせん。村の者はみな知っておりやす。杉作の父親は博奕に溺れて大きな借金を拵え、おっかねえやくざに追われる身になって、女房と倅の杉作を置き去りにして、欠け落ちしたんでございやす。あれから三年以上が、すぎておりやす」

「欠け落ちだと。行方知れずか」

「どこでどうしているのやら、生死も存じやせん」

「杉作の母親は、どうしているのだ」

「お良さんは気の毒だが、亭主の借金の相手が伊勢崎の賭場の貸元だもんで、無理難題を吹っかけられた挙句、武州の妻沼の茶屋へ身売りして亭主の借金を返し、今はまだ妻沼で年季奉公中と、聞いておりやす」

「それで、叔父の松二郎が、杉作の面倒を見ているのだな」

「ところが杉作め、お情けで育ててもらっている恩もわきまえず、あの通りのとんでもねえ悪がきでございやすから、いずれ博奕に溺れて二進も三進もいかなくなり、父親の二の舞になるに違いねえ、親子の血は争えねえなと、言われておりやす」

「それで、村にいられなくなる、ということか。いろいろと込み入ったわけがありそうだな。まあよかろう。松二郎本人に確かめてみよう。では、ご苦労だった。茂太を連れて帰ってもよいぞ」

と、二人を帰らせた。

だが、松二郎が寄場へ杉作を引き取りにきたのは、暗くなってからだった。

「少々用がございやして、太田まで出かけておりやした。杉作がご迷惑をおかけいたし、相済まねえことでございやす」

松二郎は、筵敷庭に平身して言った。そして、隣に着座した杉作の頭を、無理矢理押さえつけた。杉作は執務所の鉄之助へ、いやいや頭を低くさせられた。

筵敷庭を見下ろす執務所には、鉄之助のほかに、新田村の村役人二人が同座し、次治と長吉、六兵衛の三人も、鉄之助の命で筵敷庭に立ち会っていた。

執務所の落縁に置いた行灯のうす明かりが、筵敷庭の松二郎と杉作をぼうっと照らしていた。杉作のやわらかい肌を狙って、ぷうん、と忌々しい羽音をたてて蚊が飛んできた。杉作は、それを手で払ったり、頰っぺたやおでこにたかるのを、子供の手で、ぱちん、ぱちん、と叩くと、松二郎が、行儀が悪いとたしなめるように、杉作の頬を抓った。

「大人しくするか」

杉作は顔をしかめて、痛てて、とうめき、懸命に頷いた。

「松二郎、その辺でよい」

鉄之助が止め、松二郎は杉作を放して低頭した。

「松二郎、おぬしが杉作の面倒を見ていると聞いた。杉作はおぬしの兄夫婦の倅だな。兄が伊野吉、兄嫁がお良。兄の伊野吉が博奕で大きな借金を作り、返済に窮して、お良と倅の杉作を残し新田村を欠け落ちした。それでお良は妻沼の茶屋に身売りし、亭主の博奕の借金を返し、お良の茶屋の年季奉公が終るまで、おぬしが甥の杉作の面倒を見ることになった。そう聞いているが」

「大体、そうでございやす」

「大体か。まあよかろう。で、伊野吉が耕していた田畑は、女房のお良も茶屋の年季奉公のため、松二郎が耕しているのだな」

「あっしと女房で、耕しておりやす。でねえと、田んぼも畑もすぐに荒れ果ててしまいますだでな。元々小さな田畑でございやして、しかも、収穫の二割三分は、伊野吉が欠け落ちする前から、太田の質屋の質草になっておりやすんで、年貢を収めたら、いくらも残りはしやせん。あっしら夫婦が、ただ働きも同然に、てめえひとり村から逃げ出した伊野吉の田畑を守ってやり、倅の面倒まで見させられておりやす。なのにこいつは、ありがてえとも思わず、ただ飯だけは一人前に喰らって、悪さばかりしておりやす」

杉作はそっぽを向き、不貞腐れていた。杉作の顔や手や跣の足の彼方此方が、蚊に刺されて赤くなり、杉作は松二郎に見つからないよう、蚊に刺された痕を掻いていた。

「伊野吉の田畑の収穫は、二割三分が質草になっているのか」

「伊野吉もあっしも、小さな田畑しか持たねえ小百姓でごぜいやす。小百姓は、急な要り用があって収穫を質草に入れるのは、間々ごぜいやす。今日、太田に出かけたのは、今年の質草分を、少々来年分に廻してもらえねえかと、頼みに行ったんでごぜいやす」

「それはご苦労な事だな。兄の伊野吉は先代の田畑を継ぎ、おぬしは養親の婿になったのだな」

「へい。伊野吉の所為で、女房にも親爺さまやお袋様にも、あっしなんかを婿養子にして貧乏くじを引かされたと言われ、耳に胼胝ができるぐらいでごぜいやす」

「そうか。それで、杉作が、村の子供らを語らい、銭を賭けて丁半の野博奕を打っていたことは、村の者はみな知っていたようだが、松二郎も知っていたはずだな」

松二郎はすぐには答えず、少し考える間を置いてから、

「野博奕を打っているところを、見たことはごぜいやせんが、噂を聞いておりやした」

と答えた。

「子供が金を賭けて、無頼な博徒を真似て、丁半に興じておるのは由々しきことだ。噂を聞いておりながら、放っておいたのか」

「放っておいたわけではございやせん。あっしと女房で厳しく言い聞かせ、納屋に閉じ込め、飯抜きの罰を食わしやした。ところがこいつは、妙に抜け目のねえがきでございやす。あっしらが目を離した隙に、納屋を抜け出し、よその家の食物を盗んで食い、あばら家同然に荒れ果てた前の家をねぐらにして、野博奕をやめません。しかも、村の小さな子供ばかりを相手に……」

松二郎は言いながら、蚊に刺された痕を掻いている杉作の手をぴしゃりと叩いた。杉作は、吃驚して手を引っ込めた。

「それから、村役人さんに、うちの村だけじゃねえ、よその村からも住人の苦情がきたとかで、杉作を何とかしろと言われやした。ですが、こいつはすばしっこくて、あっしの手には負えねえんでございやす。八州様に召し捕えられたこの機に、いっそ江戸送りにして、お上の厳しい処罰を下していただけりゃあ、こいつも改心するんじゃねえかと、思うんでございやすが」

「九歳の子供に、お上の厳しい処罰だと。馬鹿を申すな。しかしまあ、それほどみなが手を焼いておるということだな。杉作が村の子供相手に、銭を賭けて丁半を始めたのはいつごろからだ」

「たぶん三、四ヵ月前ぐらいから、そんな話が聞こえ始めたかと」

執務所に同座している、村役人のひとりが言った。

「三、四ヵ月前なら、今年になってからだな。それまではどうだったのだ」

「住人の噂になるぐらいの、悪がきではございましたが、まさか、九歳の杉作が丁半博奕を知っておるとは、思ったこともございませんでした」

「父親の伊野吉が、博奕で身を持ち崩した男でございますので、父親の手ほどきを受けておったんでございましょうか」

もうひとりの村役人が言った。

「父親の伊野吉が、欠け落ちしたのは三年前だな。ならば、杉作は六歳以前だ。丁半博奕どころか、数を数えるのもむずかしいだろう。賽子(さいころ)ぐらいは戯れに振れてもな……」

「父親の伊野吉でなければ、杉作は誰から丁半博奕を教わったんでございましょうか。初めは、十歳の子供の親が、杉作に丁半の野博奕で小遣いの銭を巻き上げられた、杉作が子供らを誘って、丁半の決まりを教え、銭を賭けて稼いでいる。とんでもないことだからやめさせてくれと、苦情が入ったんでございます。そのあとにも何件か苦情が寄せられ、噂も聞けました」

「杉作、丁半博奕は誰に教わった。いつから子供ら相手の野博奕で稼ぎ始めた」

鉄之助は、松二郎の隣に畏まった杉作を凝っと睨(にら)みつけた。鉄之助に睨まれるのは、村の大人らとは様子が違うのか、杉作は少しそわそわした。

「八州様のお訊ねだでな。さっさとお答えしねえか」

松二郎が、杉作の頭をまた叩いた。

「松二郎、育ての親だから子供に何をしてもいいというのではない。杉作は答えを考えておるのだ。考えの邪魔をするな」

「へ、へい」

杉作は叩かれた頭を擦りながら、鉄之助を睨み上げて言った。

「誰にも教わらねえ。番太の麻太郎の番太小屋で、子分らが丁半博奕をやってるんだ。そいつを見てるうちに覚えた。おらが番太小屋へ入っても、子分らは何も言わねえし、麻太郎だって、おらのことなんかなんにも気にかけねえ。麻太郎は馬鹿だから、おらがいても気づかねえぐらいだ。けど、機嫌が悪いと、何をするかわからねえ。そのときは近づかねえように用心してる」

「生意気なことを言う。まあいい。つまり、今日の昼間、おまえと茂太を捕まえた、目明し番太の麻太郎の番太小屋で、子分らに混じって、丁半をやって覚えたんだな」

「だから、そうじゃねえ。子分らがやってるのを、傍で見てるうちに覚えたんだって。おら、物覚えがいいんだ。花骨牌も子分らが打ってるのを見て覚えた。おら、丁半も花骨牌も強いんだ。博奕はここところこさ」

と、杉作は自分の頭と胸を指差した。

「けど、おら子供だから、子分らの丁半やら花骨牌に入れてもらえねえ。やりてえなら銭をたっぷり持ってきなって、笑って言いやがる。おらにそんな銭があるわけねえ」

「それで、小さな子供らを言いくるめて、銭を賭けて、丁半を始めたのか」

「仕方なかったんだ。子供相手に気の毒だが、銭が要るんだ。稼がなきゃあならねえんだ。おらが筒取りだから、何も知らねえ子供相手に寺銭を稼いでると、疑ってるんだろうが、そうじゃねえ。筒取りは、丁半揃えなきゃ勝負にならねえから、少ないどっちかの分を受けなきゃならねえ。勝負に負けたら筒取りも損をするんだ。本物の賭場みたいにはいかねえんだ。けど、子供相手だから、仕方がねえんだ。稼ぎたくても、あんまり儲けが出ねえ。だからって、子供相手にいかさまはやってねえぜ」

「おまえがなぜ、稼がなければならん」

「松二郎さん、母ちゃんの事情を話していいかい」

杉作が松二郎を見上げた。

「あ？　ああ」

と、松二郎はうろたえた。

「おらの母ちゃんは、お良ってんだ。父ちゃんが博打の借金を残して、姿をくらましちまったんで、母ちゃんは借金を返すために、おらを松二郎さんに預け、妻沼の茶屋の年季奉公を始めて、借金を返さなきゃならなかったんだ。父ちゃんも母ちゃんも、貧乏な小百姓だし、収穫は質屋の質草になってるから、年貢を納めたら、幾らも残らねえ。食っていくのがやっとだ。博奕の借金なんか返せるわけがねえ。母ちゃんは、身売りするしか仕方がなかったのさ」

杉作は言いつつ、頬を伝う涙を、利かん気そうに拳（こぶし）で拭（ぬぐ）った。

「今年になって、妻沼の行商が松二郎さんを訪ねてきて、母ちゃんが大分前から病気になって寝込んでると、知らせてくれたんだ。知らせでは、母ちゃんは寝たきりで、起きるのもままならねえらしい。だからおら、母ちゃんの介抱をしに、妻沼へ行かなきゃならねえんだ。無一文じゃあ、妻沼まで行けねえだろう。松二郎さんに借金を頼んだが、おまえはただ飯を食ってるだけだで、元々借金だらけだと、相手にされねえ。だから、自分で稼ぐことにしたんだ」

松二郎が、鉄之助の眼差（まなざ）しをさけるように、しかめ面をわきへ背けた。

「どれぐらい稼ぐつもりだ」

「途中腹が減るし、利根川の渡し船も銭が要るから、せめて三十文ぐらいは、懐（ふところ）にして行きてえんだ」

杉作は、大人びた顔つきを見せた。

「これまで、いくら稼いだ」

「二十文ちょっとだ」

村役人の二人が噴き出し、筵敷庭に立ち会っている次治と六兵衛、長吉の三人も、つい口元をゆるめた。すると、杉作が三人を睨みつけた。

「何がおかしい」

長吉と六兵衛は黙っていたが、次治がにやにやして言った。

「二十文じゃ、一日の旅籠代にもならないぞ。それじゃあ、妻沼にも行けないな」

「旅籠には泊らねえ。寝泊りは寺の縁の下で十分だ。妻沼でも博奕で稼ぐつもりだ。母ちゃんの介抱をしなきゃならねえ。物乞いだって平気だ」

「ふうん、物乞いも平気かい」

と、次治はにやにや笑いを続けた。

すると、杉作が鉄之助に言った。

「八州様、おれは江戸送りになるのか」

「子供は江戸送りにはならん。江戸送りになるのは悪事を働いた大人だけだ」

「だったら、御禁制の博奕で銭を稼いだおらは、ここの牢に入るのか」

「子供は牢にも入らん。子供は親元に帰して、親が叱る。二度と悪事を働かぬよう、親が仕付けるのだ」

「おらは親がいねえ。だったら、松二郎さんとおかや叔母さんの家に、帰らなきゃあならねえのか」

「松二郎とおかやが、おまえの親代わりだから、そうなるな」

「ちぇ、おら、松二郎さんとおかや叔母さんに、打たれねえ日はねえんだ。なんにも悪さをしてなくてもだぜ。松二郎さんとおかや叔母さんは喧嘩ばっかりして、つかみ合いだってよくやってるし、つかみ合いをやらねえときでも、しゃくに障ったら、おらを怒鳴りつけて、引っ叩くんだ。仕付けってえのは、あれと同じ目に合わされることなんだろう。堪らねえよ。勘弁してくれよ。ここの牢のほうがましだよ」

鉄之助は黙り込んだ。

二人の村役人は、松二郎へうす笑いを向けたが、口を挟まなかった。松二郎は、両肩の間に首をぎゅうっと埋めた。

三

翌日のまだ暗い早朝、新田宿の旅籠に、寄場役人の使いの者が駆け込み、

「九右衛門さんが、八州様に至急お越しいただきたいと、寄場でお待ちでございます。新田村の村役人さん方も、みなさん揃っておられます」

と、鉄之助に伝えた。九右衛門は、新田村周辺十数箇村の寄村の惣代である。鉄之助は目

覚めたばかりで、顔も洗っていなかった。

「何事だ」

使いの者に質した。

「どうやら、新田村の子供の何人かがいなくなったと、村役人さんに親の訴えがあったようでございます」

「子供がいなくなった？　新田村のか」

「は、はい。惣代の九右衛門さんと、新田村の村役人さん方、それから新田村の親御さん方でございます。昨日の、杉作と茂太の家の者らもきております」

使いの者が答え、まさか、と鉄之助は思ったが、思案している間はなかった。

「支度だ」

と、六兵衛に命じた。

寄場には、惣代の九右衛門と寄場役人のほか、新田村の村役人がいて、筵敷庭にはいなくなった子供らの親たちが集まっていた。心配して両親がきたり、祖父母がきている者もいた。親同士が、ひそひそと言い交していた。

その中に、茂太の父親と杉作の叔父の松二郎もいた。昨日の杉作と茂太も、いなくなっていた。

やはりそうか、と鉄之助は思った。

惣代の九右衛門によると、いなくなった子供は、十一歳がひとり、十歳が二人、九歳六歳五歳がひとりずつ、男の子ばかりが六人だった。

夜明け前のまだ真っ暗な時分に、戸がごとごと開けられる音をたて、その音に目覚めた親が見にいくと、戸が開いたままになっていた。倅の布団(ふとん)に姿がないのに気づき、どうやら倅が外へ出たらしいのはわかった。まだ夜明け前の真っ暗なこんな時分に、一体どこへ行った、と不審に思ったものの、倅は十一歳の、このごろは親も少し手を焼くぐらいの活発な男児だった。そのうちに戻ってくるだろうと、一旦寝屋に戻った。が、やはり気になって眠れず、捜しに村を廻ってみよう、と再び起きたとき、遠くで村の子供の名を呼ぶ声が聞こえた。

「うす暗い村はずれの辻で、子供の名を呼んでいる村の住人に、どうしたと訊ねますと、子供の姿が見えねえと言うので、実はうちの子供の姿もだでなと、しばらく村の周辺を捜し廻っているうち、あちらにもひとり、こちらにもひとり、と子供の姿が見えなくなった親同士が集まり、どうやら六名の子供らが示し合わせ、暗いうちからどこぞへ出かけたらしいと、わかったんでございます。同じ村の子供が六名一緒ならと思う一方、小さい子供も混じっておりますので、帰ってくるまで、何もせず待つのは心配だからと、村役人に相談したところ、八州様の御一行が、昨日寄場に御到着ゆえ、八州様のお力添えをお願いしようと、子供の親たちが揃って参ったのでございます」

と、惣代が事情を話した。

鉄之助は、筵敷庭の親たちの後ろで、居心地が悪そうに畏まった松二郎を呼んだ。

「松二郎、昨夜、うちへ帰ってから、杉作に何か言ったか」

親たちが松二郎へ振り返った。

「へい。博奕には二度と手を出しちゃあならねえぞと、しっかりと言いつけやした。杉作も八州様の厳しいお調べで、どうやらちゃんと了見したと見え、大人しくあっしの言いつけを聞いておりやした」

「手荒な真似は、しなかっただろうな」

「そりゃあもう決して。可愛(かわい)い甥っ子でごぜいやすので」

「ふむ。ならいい。で、杉作は身の廻りの物を持ってうちを出たのか」

「身の廻りの物と言いやしても、まだ子供でごぜいやすので。ただ、昨日の晩は、妙なと思うぐらい殊勝でございやした。そう言えば、布団も綺麗(きれい)に畳(たた)んでおり、あっしら夫婦も爺(じい)様婆(ばあ)様も気づかねえうちに、こっそりいなくなっておりやした」

鉄之助は、納得したように頷いた。

「みな、子供等の身はあまり心配せんでもよさそうだ。念のため、村の周辺をもう一度見廻り、子供らが見つからなくとも、普段通りの暮らしに戻り、子供らが戻ってくるのを待っておればいい」

それから、執務所の落縁に控えている次治、長吉。六兵衛、そして道案内の二人のほうへ目を向け、

「この役目は、そうだな……竹本」

と、長吉に声を投げた。

はい、と長吉は落縁から執務所の鉄之助へ膝を向けた。

「おぬし、妻沼へ行け。子供らは杉作と一緒に、妻沼へ向かったと思われる。五、六歳の子供もおるゆえ、歩みは早くないはずだ。これからすぐに発てば、途中で追いつけるだろう。父ちゃん母ちゃんが心配している、子供らだけで行くのはよくないと言い聞かせ、連れ戻してきてくれ。よいな」

「承知いたしました」

しかし、長吉はふと気になった。

「杉作が、ひとりで妻沼へ行くと言い張ったら、いかがいたしますか。おそらく杉作は、わたしが言い聞かせても、考えを変えないと思われます」

「そのときは、おぬしの判断に任せる」

鉄之助は言ったが、心なしか困惑を目に浮かべた。それから筵敷庭へ目を遣って、

「親のほうでも誰かひとり、妻沼へ行ける者はいないか。妻沼まで行く前に、子供らに追いつけると思うが」

と呼びかけた。

「あっしが行きやす」

昨日の昼間、茂太を引き取りにきた仁助という父親が、手を挙げた。

「うちの茂太はまだ五歳で、年上の子供らと一緒は無理でやす。始めはよくても、すぐに足が痛えだのくたびれただのと、べそをかいているんじゃねえかと気になりやす。あっしもお供いたしやす」

「仁助。頼むだでな」

ほかの父親から声がかかった。

長吉の着替えは、夏の単衣の白絣一枚と、肌着が二枚、下帯を三本だけである。夏場、鉄色の小倉袴は着けず、尻端折りにした白絣の上衣に自分の荷物を背負って、手甲脚絆、跣に草鞋掛、両刀と朱房の十手を黒角帯に差し、菅笠を被った。

仁助は野良着に脚絆、草鞋掛、手拭を頬被りの恰好で長吉に従い、二人が新田村を出たときは、東の地平に赤々と燃える日が上っていた。

子供の足と思っていたのが、長吉と仁助が子供らに追いついたのは、その日の昼下がり、小泉村はずれの掛茶屋だった。疲れ切った様子の子供らが、それでも草餅を懸命に貪ってい た。仁助は往来から掛茶屋をのぞいて、倅の茂太が草餅を頬張って、頬を丸くふくらませた

ところを見つけ、

「茂太」

と、大声をあげて掛茶屋に飛び込んだ。

茂太は頬をふくらませたまま、なんで父ちゃんが、とわけがわからず唖然として父親から目を離さなかった、ほかの五人も、頬張った草餅を牛のように咀嚼しながら、仁助に続いて掛茶屋に入ってきた、二本差しの長吉を訝しそうに見つめた。子供らは、一台の縁台に、隣り合わせ、背中合わせになって腰かけ、五歳の茂太と六歳の子は、土間に届かない足をぶらぶらさせていた。

掛茶屋の軒に、うんとん、そばきり、草だんご、と記した提灯を吊るし、売物の草鞋や菅笠などが壁に掛かっていた。掛茶屋の白髪頭の亭主が、竈のそばから、

「おいでなせえ」

と、仁助と長吉に声をかけた。

杉作は、八州様の家来が追いかけてきやがった、邪魔はさせねえ、と言いたげに長吉を睨み、草餅を飲み込んだ。

昨夜、杉作は松二郎の店に戻る前から、明日、妻沼の母ちゃんに会いに行くと決めていた。暗いうちに店を出るつもりだった。新田村にはもう帰ってこないかもしれないと、そんな気がしていた。

松二郎とおかや叔母さんに、がみがみと叱られたが、八州様に言われたからか、松二郎もおかや叔母さんも、昨夜は打たなかった。寝床にもぐり込んだ振りをして、しばらくしてからこっそり店を抜け出し、ひとつ年上の仲間の甲造をこっそり呼び出し、明日、妻沼の母ちゃんに会いに行く、母ちゃんは病気で、看病しないといけないのでもう新田村には帰ってこられない、達者でな、と伝えた。

甲造は、杉作を見送ってやろうと思った。ほかの子に、杉作が旅に出て、もうこれっきりかもしれねえから見送ってやろうぜ、父ちゃんと母ちゃんに見つからねえようにな、と誘った。ほかの子は別の子にも呼びかけた。

夜明けにはまだ間がある刻限、村はずれの五本松の下の石地蔵を祀った田んぼ道に、旅支度は、松二郎の菅笠をこっそり拝借して被り、地べたでも寝られるよう、茣蓙を一枚抱えただけの杉作と、見送りの三人の子が落ち合った。

「利根の渡し場まで、見送るだで」

甲造が言った。

「そうなのかい。済まねえな」

杉作が言い返し、「行こうぜ」と四人が勇んで行きかけた後ろから、

「おおい、おおい、待ってくれえ……」

と、六歳の久作と五歳の茂太が、真っ暗な田んぼ道を追っかけてきたのだった。

杉作は、妻沼の母親に会いに行く考えを変えなかった。母親と離れ離れになって三年がたっていた。病気で臥せっていると聞いた母親に会いたい、会わなければならねえ、と募る慕情を抑えられなかった。行くと決めたら行くしか考えられなかった。

杉作は長吉に言った。

「八州様に迷惑をかけた。けど、おらはこうするしかねえんだ。新田村には帰らねえ。父ちゃんもいねえ。母ちゃんもいねえ。あの村に帰って、何があるだ」

「母ちゃんの病気が治り、年季奉公も終えたら、母ちゃんの帰るうちは、杉作の待つ新田村ではないのか」

「そうかもしれねえが、おらが今やらなきゃならねえのは、妻沼の母ちゃんの看病だ。それだけは間違えねえ。母ちゃんはきっと、心細いに違いねえんだ。傍についてやらなきゃならねえんだ。おらがそう言ってたと、八州様に伝えといてくれ」

子供らは草餅を食べ終え、ひと息ついていた。茂太と久作は、仁助の両脇に寄りかかり、うつらうつらしていた。

長吉は杉作へ見返った。

「ならばわたしも、妻沼へ行くことにする。杉作の母ちゃんに会い、事情を伝える」

「勘弁してくれ。おら自分のことで手一杯なんだ。お侍さんの面倒まで見きれねえ」

「杉作に迷惑はかけない。杉作がどうなったかを、八州様に報告しなければならん。わたしも妻沼へ行くしかないのだ」

「ちぇ、迷惑だな」

杉作は大人のように眉をひそめた。

長吉と杉作は、仁助や子供ら五人と、掛茶屋の前で、

「達者でな」

「ああ、おめえもな」

などと声をかけ合い、手を力一杯振って別れた。茂太は仁助の背中で眠り、久作は甲造に手を引かれ、新田村へ戻って行った。

杉作は、みなが去って行くのを、目を赤く潤(うる)ませて見送った。長吉に涙を見られないよう、丸めたひと包みの莫蓙を小脇にして、真っすぐ南へ向いて道を急いだ。

子供らと別れて半時（約一時間）後、長吉と杉作は、寄木戸(よりきど)と高林(たかばやし)をすぎて、利根川に出た。

利根川を越えると武州である。

東から南、西方へ武州の田畑、点在する集落、森や野の景色が果てしなく広がり、後方の北の彼方(かなた)に、上州の山嶺の連なりが望めるばかりだった。

広い芝原河原の道を渡船場へ、旅客の姿が点々と連なっていた。夕方近く、西の空の、白や灰色が重なる雲の陰へ天道が隠れ、利根川の河原は物寂しくなった。

ただ、夏の空はまだ青く、幾羽もの鳥影が、北の空のほうへと飛び去って行く。生温い風が芝原河原を吹き渡り、ざわざわと芝が鳴っていた。対岸の河岸場に近い川縁では、一群の小鴨の影が風に乗って上空を舞い、河岸場を離れて行く平田船が、白い帆に丸々と夕方の風をはらませていた。

四

中山道熊谷宿より上州新田郡へ、脇往還が分かれていた。その脇往還の継立場で、六斎市も立つ妻沼村は、近在二十七箇村の寄村の寄場がある武州の在郷町であった。新田村から妻沼まで、およそ五里半（約二二キロ）。利根川の渡船場を妻沼側へ越えた妻沼河岸は、利根川水系による江戸舟運も盛んであった。

妻沼村は二十七箇村寄村の中で、もっとも戸数が多く、居酒屋、煮売屋、酒屋、醤油酢屋、菓子屋、湯屋、髪結、呉服太物屋、古着紙屑屋など、農間渡世に従事している店が、往来の両側に軒を並べていた。

一番多い居酒屋は十六軒あって、どの店も二階家だった。島田に髪を結った酌婦がいて接客し、また戸口に立って、

「ちょいとそこの人、お入りよ」

と客引きもした。

夕方になって、そろそろ表戸を閉てている店の多い往来で、居酒屋だけが柱行灯や軒提灯を煌々と灯し、どの二階の部屋でも酒宴が酣だった。三味線に鉦や太鼓が鳴らされ、通りに流れている。

まだ明るみの残る夕方の往来を、杉作は左見右見しながら速足を運び、長吉は従者のようにそのあとに従った。

「杉作、母ちゃんの奉公している店は、知っているのだな」

長吉は、つい余計なことを聞いた。杉作はちらりと見返り、

「当たり前じゃねえか。大丈夫だ。黙ってついてきな」

と、ちょっと兄き風を吹かしたような口振りで言った。

その店は、それからすぐに見つかった。

板葺屋根の二階家で、柱行灯に《ふるきや》と記されていた。むろん、古着屋ではなく、二階の出格子の部屋から、酒宴の賑わいが聞こえていた。

往来側の格子戸を閉てた小部屋に、白粉と赤い口紅をべっとりと塗った酌婦がいて、通りがかりに声を投げ、あけすけな掛け合いを交していた。開け放した表戸の中は昼間のように明るく、小広い前土間と店の間が見えた。店の間から板階段が二階へ上っていて、中働きの女が、徳利を載せた盆を抱えて、とんとんと、忙しそうに板階段を鳴らし二階へ運んで行っ

た。

杉作は躊躇いなく、酌婦がいる格子戸の小部屋のほうへ駆けて行き、格子ごしに訊ねた。

「小母さん、ここは《古着屋》木太郎さんのお店かい」

「え？　何だね、この子は。いきなり小母さん呼ばわりしてよ。なんだって」

女が、意外そうに杉作を見つめ、ぞんざいに訊き返した。杉作の後ろの長吉をちらりと見て、あんたの子かい？　という目つきになった。もうひとりの厚化粧の女が、

「ねえねえそこの人、呑んでかない」

と、往来の通りがかりへ甘い声を投げる。

「小母さん、おら杉作ってんだ。新田村からきたんだ。ご亭主の古着屋木太郎さんに伝えてくれねえか。新田村のお良の倅の杉作が、訪ねてきたって」

「新田村の杉作だって？　おめえなんか知らねえわさ。そこに立たれちゃあ邪魔だよ。退きな」

女は顔をしかめて、杉作と長吉を交互に睨んだ。すると、もうひとりの女が、苛立たしげに言った。

「あんたたち、ご主人に用なら店に入って訊いてみな。あっしら仕事中なんだ」

顔をしかめた女が、往来へ笑顔を向け、

「ちょいとそこの人……」

と呼びかけた。

「杉作、行こう」

長吉は、杉作の細い肩に手を廻し、格子戸から離れた。杉作も、ぞんざいな言葉を返されて戸惑(とまど)い、長吉に寄り添って表戸の敷居をまたいだ。

途端、店中の賑わいが、わっと二人を包んだ。前土間にいた黒看板の下足番らしき若い者が駆け寄り、

「へい、おいでなせい。お二人さん、お入りでやす」

と、戸内へ威勢のいい声をかけた。すぐに、店の間奥の内証らしき部屋から、縞(しま)の前垂れをつけた遣手(やりて)ふうの女が、着物の裾を引き摺りつつ出てきて、前土間の長吉と杉作を見て、戸惑った顔つきを寄こした。

「お客さん、おいでなさい。古着屋は酒亭でございやすが、酒席のご用でよろしゅうございやすか」

遣手は縞の前垂れをさりげなく取り、杉作へお歯黒を見せて笑いかけた。

「ご亭主の古着屋木太郎さんは、いるかい」

杉作が懸命に言った。

「おや。こちらの若い衆は、木太郎さんのお知り合いかい」

「そうじゃねえ、小母さん、ここで働いてるお良を知ってるかい。おら、お良の倅なんだ。

母ちゃんに会いにきたんだ」

えっ、と遣手が声をもらしたとき、七、八人の絽羽織を着けた年配の客が、だらだらと前土間に草履を鳴らした。

「おやまあ、《山陰屋》の旦那さん、おいでなさいやし。《芝田屋》さんもご一緒で。お珍しい。お園、おくり、お客さまだよ。おまえたちも早くお迎えしないか」

遣手が金切声をたて、格子戸の小部屋にいた厚化粧の酌婦二人が、小走りに店の間へ出てきて、賑やかな嬌声をあげながら旦那衆を迎えた。二階で接客していた酌婦も二階廊下に出てきて、

「山陰の旦那さん」

と、手摺ごしに愛嬌を振りまいた。

古着屋には余ほどいい客らしく、長吉と杉作は前土間の片隅に追いやられた。下足番の若い者が、迷惑そうな顔つきを寄こし、

「おめえら、ここにいられちゃあ、ほかのお客さんの邪魔だでな。路地から勝手へ廻って、そこの者に訊いてくれ」

と、外を指差し二人を追い出した。

外は夕方の明るみはすでに消え、宵の帳が往来に降りていた。ついさっきまで賑やかだった人通りも、少なくなっていた。

杉作はだんだん不機嫌になった。長吉に声もかけず、古着屋と隣家の境の、二階の酒宴の賑わいが聞こえるうす暗い路地へ入って行った。

路地の行き止まりの裏庭側に、酒亭の勝手口があった。勝手口の障子戸が開けたままになっていて、杉作と長吉が勝手口まで行くと、戸内の赤茶色の明かりや、生暖かい湯気と騒々しさが、二人を搦(から)め取るように蔽(おお)いかぶさってきた。

勝手の土間に大きな竈が三つ並び、白い湯気がもうもうと上る大釜がかかっていた。下帯に前垂れを下げた裸の男が、湯気の上る釜を搔き廻していた。土間には井戸と流し場があって、襷(たすき)がけの女らが盛んに洗い物をし、ひとりが井戸の水を汲(く)んでいた。

土間の一方の壁側に米俵が堆(うずたか)く積まれ、酒樽(さかだる)や醬油の桶(おけ)、油や味噌(みそ)の壺などが土壁を隠していた。

土間の奥が、壁に神棚を祀った台所の板間で、そこでも炉が炭火のうすい煙を上らせ、ねじり鉢巻(はちま)きの赤ら顔の男が、じりじりと音をたてて天ぷらを揚げ、大きな俎板(まないた)に向かって、包丁と菜箸(さいばし)を使い、皿に料理を盛っている料理人の姿も見えた。板間の一角の棚に黒塗の膳が重ねられ、鉢や皿、碗(わん)などを積みあげた棚も並んでいた。

廊下のほうから、入れ替わり立ち替わり、中働きの女が現れた。中働きの女は、客の食べ散らかした膳を下げてきて、料理人らと早口で言い合うと、新しい料理の皿や鉢を並べた膳を幾台も重ね、休む間もなく廊下のほうへ運んで行った。男らの怒声のようなかけ声と、女の甲走った声が、勝手の土間と台所の板間に飛び交い、二階の酒宴の賑わいも、まだまだ盛んだった。

杉作はそのあり様に気圧され、言葉を失って勝手口に立ち竦んでいた。

長吉は杉作の手を取って、勝手の土間に入ったが、侍風体と手を引かれた子供の二人連れを、誰も気にかけなかった。長吉は、壁際の酒樽から酒を升に注いでいる年寄りに近づいて行った。

年寄りは燗番らしく、男も女も忙しく立ち働く中で、ひとり慌てるふうはなく、急がせる者には笑顔さえ見せ、燗番を淡々と務めていた。

「卒爾ながら、お頼みいたします」

と、長吉が話しかけると、長吉と杉作に気づいて、歯の抜けた皺だらけの、愛想のいい笑顔を寄こした。

「わたしどもは、新田郡新田村より、古着屋さんに年季奉公中の、お良さんを訪ねて参りました。この子供はお良さんの倅の杉作と申し、わたくしはゆえあって、杉作に付き添って参った竹本長吉と申します。ご亭主の木太郎さんに、お取次を願います」

「この子は、お良の倅かね」

年寄は笑顔のまま、唇を嚙み締めた杉作を見おろした。と、長吉の両刀とともに差した朱房の十手に気づき、意味ありげに笑顔を振って見せた。

「竹本さんは、お上の御用を務めていなさるので、ございやすか」

「わたしは、関東取締出役蕪木鉄之助様お雇いの、足軽勤めの者です」

「すると、八州様のお調べで」

「八州様より、杉作の付き添いをいたすようにと、お指図を受けました。それのみにて、御用の調べではありません」

升に酒が満たされ、年寄りは酒樽の注ぎ口に栓をし、やおら言った。

「旦那は寄合があって、今夜は熊谷泊りだ。なら、些っとお待ちなせえ」

それから、升酒をゆらしつつ、落縁から板間へあがり、燗の湯鍋が湯気をゆらす長火鉢についた。中働きの女が、膳を重ねて行きかけるのを、「しの」と呼び寄せた。しのが長火鉢の前へ行き、膳を持ったまま膝を折ると、年寄りはひそひそと話しかけ、酒樽の傍らの長吉と杉作を指差した。

しのは少し驚いた様子で、長吉と杉作へ一瞥を寄こし、年寄りにささやき返して、すぐに座を立って廊下へ姿を消した。年寄りはそこで待つようにと、長吉と杉作へ、手をひらひらさせた。

長くは待たされなかった。ほどなく、古着屋の黒看板を着けた背の高い、三十代の半ばごろの男が板間に顔を出した。

男は長火鉢の年寄と向き合って話を聞いた。その間、長吉と杉作を見つめ、何度か頷き、年寄りに何かを聞き返した。やがて男は土間へ下り、長吉と杉作の前まできて、軽く辞儀をした。

「平次郎と申しやす。親分は熊谷に寄合があって、戻りは明朝になりやすので、あっしがご用件を承りやす。こちらがお良さんの倅の杉作さんですね。で、お侍さんは付き添いの、八州様のご家来衆の、竹本長吉様とうかがいやした」

「三月ほど前、古着屋の木太郎さんより、新田郡新田村の松二郎さんと、松二郎さんの世話になっている杉作に、杉作の母親のお良さんが病に臥せっている知らせが届きました。杉作は、すぐにお良さんの元にきたかったのですが、まだ九歳の子供ゆえ、思うようにならない事情があって、今日になりました」

「おら、母ちゃんの看病にきた。母ちゃんの病気を直してやらなきゃならねえ。母ちゃんに会わせてくれ」

杉作が懸命に言った。

「杉作さん、そいつは気の毒だが、ちょいと遅かった。お良さんはつい先だって、亡くなりやした。お良さんはもう、この世にはおりやせん」

平次郎は、眉ひとつ動かさず、冷やかに言った。燗番の年寄りが、長火鉢の前からこちらの様子をうかがっていた。

杉作は呆気に取られ、平次郎を見上げていた。

「先だってとは、いつ……」

長吉が言いかけたとき、甲高く吹き鳴らす笛のような杉作の悲鳴が、勝手の土間と台所の板間のざわめきを引き裂いた。

それは、長吉の郷里宇瀉の山で啼(な)く、獣(けもの)の悲痛な叫び声に似ていた。杉作はぱっちりと見開いた目からあふれる涙を、ぬぐうことも忘れ、笛の音のような、山の獣の悲痛な叫び声のような悲鳴を繰りかえした。

母ちゃん、母ちゃん……

と、悲鳴は繰り返していた。

その声に、勝手と台所で立ち働く者たちの喧騒(けんそう)が、一瞬かき消えた。誰もが一瞬啞然として杉作へ目を遣り、働く手足が止まった。ただ、湯がぐつぐつと煮立つ音や、天ぷらの鍋がじいじいとたてる音だけが続いて、二階の宴席の賑わいさえも止(や)んでいた。

五

往来から細道へ分かれた二軒先に、赤提灯を軒先に吊るした小さな煮売屋があった。日が暮れてだいぶたち、客も長吉と杉作のほかに百姓衆らしき二人連れが、ひと組だけだった。

煮売屋の亭主に、腹の足しになる物はないか訊ね、うどんならできると言うので、煮つけとうどんを頼んだ。

余ほど腹が減っていたのか、杉作は太いうどんを懸命に咀嚼しては呑み込み、辛い煮つけを顔をしかめつつ食い続けた。

「慌てなくともよい。ゆっくり食え」

飛び交う蚊を払いながら、長吉は言った。

杉作は頷きもせず、黙々とうどんの碗に向かっていた。長吉は臭い（におい）の強い濁り（にごり）酒を、ぬるい燗で呑んだ。

煮売屋の勘定を済ます折り、宿を頼める店を訊ねた。煮売屋の亭主は、酌婦と朝まですごす酒亭はあるが、子供連れはどうだかねと、気の毒そうな返事だった。

煮売屋を出て、柱行灯や提灯、二階で酒宴が続くわずかな酒亭の灯が見えるだけの、寂（しん）とした集落の往来を行きながら、杉作が言った。

「おら、宿に泊る気は元々ねえ。竹本さんは大人だから、まだ開いてる店で泊ってきなよ。おらは、この茣蓙が一枚あれば、どこでも寝られる。村でも松二郎さんの店を抜け出して、外で寝たことがよくあるんだ。気にしなくていいんだぜ」

「つれないことを言うな。ここまできたらもう相棒だぞ。どこまでも一緒だ」

杉作の丸めた茣蓙を抱えた腕が、長吉の白絣の袖に触れた。長吉は杉作の細く小さな肩を、抱き寄せた。

「夜遅く出かけるお坊様もいるからね。脇門はどのお寺も開いてるんだ」

杉作が言い、瑞林寺という寺院の脇門をくぐり、本殿の廻廊の下にもぐり込んだ。一枚の茣蓙に、二人は身体を寄せ合って横になった。長吉は着替え用の肌着を二枚出し、上に掛けた。

茣蓙に横たわったとき、杉作は長吉に背を向けていた。それが、すぐに子供らしい寝息をたて始め、長吉に縋りついた。

長吉も疲れていた。だが、なかなか寝つけなかった。集落はずれの田んぼのほうで、蛙の鳴き声が、暗闇のどよめきのようにずっと続いていた。夜空には月も星もなかった。とき折り、彼方の空の果てが白く瞬き、遠く低い雷鳴がとどろいた。

夜ふけのいつごろだったか、杉作の泣き声で目が覚めた。

「杉作、起きているのか」

と聞いたが、杉作は眠っていた。そうか、夢を見ているのか、悲しそうな夢だな、と思った。雨が降っているらしく、本殿の茅葺屋根がさわさわと鳴っていた。長吉は杉作に掛けた肌着を掛け直してやった。

翌朝、境内の樹林の上に薄墨色の空が広がり、本降りの雨が木々を騒がせていた。本殿庇の雨垂れが、地面に水飛沫を上げていた。田んぼの蛙は、雨を喜んでまだ鳴き騒いでいた。

杉作が起きて、欠伸をした。二人は並んで、雨に烟る境内を眺めた。

「眠れたか」

長吉が話しかけ、杉作は黙って頷いた。

「食物屋を探して何か食ってから、ふるぎやをもう一度訪ねよう。たぶん、亭主が帰っていると思う」

すると、杉作は懐に手を突っ込み、麻の袋を引っ張り出した。麻袋から干芋を摘まみ出し、長吉に渡した。

「干芋を持ってきたのか」

「うん。松二郎さんもおかや叔母さんも、怒ってるだろうな。袋ごと持ってきたんだ」

杉作は境内へ向いて、干芋をかじった。

「松二郎さんもおかや叔母さんも、おらを聞き分けがねえ、仕付けだと言って、すぐ飯を抜くんだ。仕方がねえから、こっそり干芋を食って我慢するしかねえだで。取りすぎてばれねえように、用心してる。けど、今度はばれてもかまわねえから、一杯持ってきた。これがおらの飯だ」

「そうか。では馳走になる」

干芋は、仄かな土の甘みがあった。

と、降り頻る雨に傘を鳴らし、足駄が境内の泥濘を嚙んで、人のくる気配がした。

長吉は気配のする方を見遣った。

本殿の廻廊に沿って、唐傘（からかさ）を差した二つの人影が、長吉と杉作がいるほうへ、前後してくるのが見えた。寺の者ではなかった。前は浅い鼠（ねずみ）色を着流した背の高い男で、後ろは、古着屋の黒看板を着けたやや前かがみの、年配の男だった。二人の足駄が雨に濡（ぬ）れた地面に、ざく、ざく、と鳴り、唐傘に降りかかる雨が煙を巻いていた。二人は、廻廊の床下にいる長吉と杉作に気づいて、後ろの年配の男が前の男に声をかけた。

前の男は長吉と杉作のほうを見たまま、頷いた。痩身（そうしん）で顔色が青白く、眼光の鋭い険（けわ）しい相貌だった。鼻筋が通り、一文字に結んだ唇を気むずかしそうに歪（ゆが）めていた。

後ろの年配の男は、昨夜、古着屋の台所の長火鉢につき、燗番をやっていた年寄りだった。二人は差している唐傘のほかに、もう一本ずつ、唐傘をすぼめて下げていた。

やがて、長吉と杉作の前にきて歩みを止め、背の高い男が、長吉から杉作、また長吉へと目を向け、険しい相貌をわずかに解（ほぐ）し、軽く会釈（えしゃく）を寄こした。

年寄りは顔を皺だらけにして、歯のない笑顔を寄こした。

長吉は、廻廊の床下から頷き返した。

「昨夜、竹本さんと杉作さんがうどんを食って行ったと、煮売屋の亭主に聞きまして、宿はこちらかなと、見当をつけて参りやした。あっしはそういう勘が、がきのころから割に働くほうでしてね」

背の高い男が言った。少し掠れた低い声だった。髭を当たった跡が、青々としていた。

「関東取締出役蕪木鉄之助様お雇いの、竹本長吉様に相違ございやせんね」

「そうです」

長吉は首肯した。

「ふるきやの木太郎と申しやす。昨夜は熊谷に所用があって留守をいたしており、失礼いたしやした。で、こっちの若い衆が……」

木太郎が長吉の隣の杉作へ向いた。

「お良さんの倅の杉作さんだね。杉作さんの話は、お良さんから聞いていたんで、初めて会った気がしねえ。お良さんが言ってた通り、なかなかの男前だ。昨夜はだいぶ騒いだようだな。うちの者らが吃驚してたぜ。無理もねえがな。お良さんのことは気の毒だが、そういう定めもある。杉作さんは九歳だな。おれも八歳のときに、母ちゃんを失くした。父ちゃんは生まれたときからいねえ。この伝蔵さんに育てられたのさ」

年寄の伝蔵が、皺だらけの笑みを浮かべて聞いている。

木太郎は、長吉へ向き直った。

「竹本様、ここで立ち話もなんでやす。杉作さんと一緒に、もう一度古着屋へお越しくださせえ。顔でも洗ってさっぱりして、朝飯を食ってひと休みし、話はそれからにいたしやしょう。わざわざ妻沼までお越しになったんですから、どういう事情だったか、お聞かせいたしやす」

それから杉作に言った。

「杉作さん、おめえさんにはちょいと辛え話かもしれねえが、我慢して聞けるな」

杉作は、聞かん気そうにぎゅっと唇を結んで、懸命に頭を上下させた。

雨は朝のうちに上がって、やがて、青空が白い雲間からのぞいた。

長吉と杉作は、古着屋の二階のひと部屋に通された。通りの反対側の六畳間で、障子戸の開け放たれた出格子窓から、妻沼の田畑がはるばると広がり、田畑の北方をゆったりと東の方角へ流れて行く上利根の、土手道や蘆荻の蔽う河原、雨あがりの真っ青な川面を就航する上州平田が眺められた。

「ふるきやの奉公人は、上州者が多いんです。殆どが伊勢崎の女衒の仲介でしてね。お良もその女衒と、利根川の渡し船に乗って、この妻沼村にきたんですよ。風呂敷包をひとつだけ、細腕に抱えやしてね」

木太郎は言い始めた。長吉が木太郎と対座し、杉作は出格子窓の敷居に両肘を乗せ、妻沼村と利根川と、雲の間から青い空がのぞく景色へ目を遣っていた。年寄りの伝蔵はおらず、木太郎ひとりだった。

田のくろの、松並木で啼く蟬の声が聞こえていた。

「もう二十五歳の結構な年増でやした、小百姓の女房で、子持の女にしては、案外に器量がよくて、貧乏暮らしで苦労していたに違いねえのに、若く見えやした。粗末な着物でもきちんと着けて、黒髪はしゅっと引っ詰めに束ねてね」

木太郎は、うっすらと笑みを見せている。

「こういうところへくる女は、身形（みなり）やら仕種やらに、どこか投げ遣りな様子が見えるもんです。ところが、お良にはそれが見えなかった。念のため、あっしは質しやした。ふるぎやは料理茶屋だが、酌婦はお客に酒の酌をするだけじゃねえ。それはわかっているんだろうねと。するとお良は、子供のためにこうするしかないんですと、きっぱりと言い返しやした。だからこうする、後悔はねえ、という覚悟が伝わってきて、こういう女もいるのかと、ちょいと感心したのを覚えておりやす。すぐに、手付を打ちやした。それが三年半前の極月（ごくげつ）でやす。女衒はお良を妻沼に残し、冬の利根川を渡り伊勢崎へ戻って行き、お良は再び、利根川を渡って上州の新田村へ戻ることはなかったってわけです」

木太郎は、出格子窓の杉作へちらりと目を遣った。そして続けた。

「お良がふるきやの酌婦になったその夜、早速お客がついたのが、お良の器量ならもっともだと、思いやした。明け方のまだうす暗いころ、酌婦は往来に出て、またきてね、とお客を見送るんです。中山道から分かれた脇往還でも、妻沼は旅のお客が多いんで、旅のお客は、集落はずれまで見送ることもありやす。利根川の渡船場まで見送って、手を振って名残を惜しんで見せたりとか、ご祝儀をはずんでくれたいいお客には、疲れていてもつくさなきゃあなりやせん。それから、こちらに戻り、ひと眠りするんです」

階下で交す声が聞こえ、階段をゆっくり上ってくる足音がした。

「お良は情が濃(こま)やかで気だてがいいと、すぐ評判になりやした。お良の評判を聞いて、熊谷宿の旅籠じゃなく、お良目当てに、わざわざ妻沼のふるぎやに上がって、お良とひと晩をすごしていくお客もおりやした。お良の評判をやっかんだ酌婦仲間に、お客にご祝儀を平気でねだるだの、根っからの男好きだのと、陰口も叩かれやした。ですが、お良は気にかけなかった。覚悟を決めて身売りをした。その年季を終えて倅の待つ郷里へ帰る。ただその一念だったんじゃあ、ねえんでしょうかね」

木太郎は出格子窓の杉作へ、ちらと目を遣って言った。そこへ、年寄りの伝蔵が、襷掛(たすきがけ)の小女を従え、部屋に入ってきた。小女は、茶を淹(い)れた碗と煎餅(せんべい)を盛った器の折敷(おしき)を、細い両手で抱えていた。

「杉作さんに煎餅でもと、思ってな」

伝蔵は木太郎に並んで坐り、小女が四つの碗と煎餅の器を並べた。

「杉作さん、これは薄雪(うすゆき)煎餅という江戸の煎餅だ。昨日、木太郎が熊谷の寄合の土産に貰(もら)ってきた。こっちへきてお食べ。とても旨(うめ)えぞ。もっとも、おらは歯がねえから食えねえがな。あはは……」

伝蔵が杉作を呼んだ。

杉作は見返り、うん、と頷いて、長吉の隣に並びかけた。伝蔵が皺だらけの長い指で器を指すと、長吉を見上げ、

「食べていい？」

と聞いた。

「うむ。いただいたらいい」

杉作は煎餅を両手の指で取ってかじり、頬をふくらませ音をたてた。木太郎が真顔で杉作を見つめて言った。

「杉作さんには、まだ話がわからねえかもしれねえが、おれが杉作さんの母ちゃんのことを、こんなふうに勝手に話すのはいやだろうね。けど、おれもね、杉作さんの母ちゃんのことを全部話さなきゃあ、気が済まねえのさ。もう聞きたくねえと思ったら、そう言ってくれ。そのときはやめるから」

すると、杉作は口の中の煎餅を飲み込んで言った。

「おら、母ちゃんがどんな奉公をしてたか、知ってる。松二郎さんが酔っ払ってたとき、おらに笑いながら言ったんだ。おめえの母ちゃんはなって。おかや叔母さんが、馬鹿だねあんたは、子供にわかるわけないじゃないのって、おかや叔母さんも笑ってた。おらあのときはよくわからなかった。けど、このごろだんだんわかってきた」

杉作は怒ったような顔をして、煎餅をかじった。

「松二郎さんに聞かされたかい。松二郎さんは、杉作さんの面倒を見てる叔父さんで、おかや叔母さんは、松二郎さんの女房だな」

杉作は、うん、と首を振った。

「松二郎さんは、杉作の父ちゃんのことは、どう言ってる」

「父ちゃんは、博奕で借金をこしらえて、おらと母ちゃんを捨てて欠け落ちした。あいつは馬鹿でろくでなしだって。父ちゃんはもう野垂れ死にしてるに違いねえって」

「杉作さんもそう思うのかい」

「わからねえ。けど、父ちゃんのことを思い出したら、悲しい気持ちになるから、思い出したくねえんだ」

杉作が言った。

「杉作さんがいなくなって、松二郎さんは心配してるぜ」

「松二郎さんもおかや叔母さんも、おらがいなくなっても心配なんかしやしねえ。せいせいしてるだ」

「そうなのかい。なら、杉作さんはおれと同じ、父ちゃんも母ちゃんもいねえ、孤児ってわけだな」

木太郎は物悲しげに眉をひそめ、杉作に言った。

六

「おら、母ちゃんの倅なのに、母ちゃんの知らないことが、一杯ありそうな気がするんだ。おら、母ちゃんに叱られたことも、打たれたこともねえんだ。父ちゃんだって、そうだった。怒鳴ったり打ったりしなかった。松二郎さんとおかや叔母さんは、馬鹿たれとか愚図とか怒鳴って、すぐに引っ叩くんだ。本途に堪らねえよ」

杉作は大人びた素振りで、何かを思い出そうとしているかのような間を置いた。

「二つ下の妹がいたんだ。左枝ってんだ。おらの大事な妹だった。父ちゃんも母ちゃんも、おらだって可愛がってやったよ。おらが五歳の冬に、新田村や彼方此方の村で悪い風邪が流行って、大勢人がやられたんだ。おらと左枝もそいつにやられて、新田宿の医者に診てもらったり、薬を飲ませたり、父ちゃんと母ちゃんは、おらと左枝の看病で大変だった。だけど、左枝は助からなかったんだ。おら、熱出して寝てた。あのころは、爺ちゃんはいなかったけど、婆ちゃんはまだいた。坊主頭の医者もいた。みんなが左枝の床を囲んで、父ちゃんと母ちゃんが、さえっ、さえって、大きな声で呼んで、婆ちゃんは左枝の床に突っ伏して泣いてたのを、はっきり覚えてる。おら、恐くて悲しくて、震えが止まらなかったんだ」

長吉も沈黙し、杉作の話を待った。木太郎と伝蔵も、何も言わなかった。田のくろの松林の蟬が、しぃしぃと鳴いていた。

「ずっと後になって、知ったんだ。おらと左枝の看病で、医者の薬礼やら薬代やらで、父ちゃんは太田の質屋に三年か五年か、もっと長くかも知れねえが、米の収穫の二割三分を質草に入れてた」

「質種の話は、杉作の母ちゃんに聞いた。杉作は、二割三分の数の意味がわかるのかい」

「知ってるよ。おら、うちの賭場の筒取りと中盆と壺振りを、ひとりでやってんだ。勘定もできねえで、筒取りが務まるわけがねえだろう。おら、六歳のときから百まで数を数えることができたんだぜ。字も仮名なら読めたんだ」

「六歳で百まで数え、字も読めたのかい。凄いな。けど、九歳の杉作さんが賭場の筒取りとはどういうことだい」

「嘘じゃねえ。竹本さんに聞いてみな。八州様の手の者がうちの賭場に踏み込んで、おら、八州様のお縄になったんだ」

「村の子供相手に……」

長吉が、妻沼にくるための路銀稼ぎだった野博奕の経緯を話すと、

「いかさまもごまかしも、やっちゃいねえだでな。本気の勝負で稼いだんだ。ただ、子供相手の小さな賭場じゃあ、筒取りでも稼ぎは大えしたことなかった」

と、杉作は大人びた顔つきを見せた。

あっはっは、と伝蔵が歯のない口を開けて大笑いし、膝を叩いた。

「わかった。杉作さん、続けな」

木太郎は、にこりともせずに言った。膝を叩いて笑っていた伝蔵は、杉作が話を続けると、静かに聞き入った。

「左枝がいなくなってしばらくしてから、婆ちゃんが死んじまって、うちの中がうんと寂しくなったでな。父ちゃんも母ちゃんも、あんまり話をしなくなった。父ちゃんは、田んぼと畑の仕事のほかに、天秤棒の荷物をかついで、物売りを始めたんだ。荒物やら傘やら下駄やらを、伊勢崎で仕入れて売り歩くんだ。少しでも稼ぎになればと思ったんだ。おら、ちびだったけど、あんまり稼ぎにならなかったのは、おらでもわかった。父ちゃんに物売りなんてできねえよ。母ちゃんは、父ちゃんが可哀想だと言ってた。だからおれも、父ちゃんや母ちゃんに、腹が減ったと言わねえようにしていたんだ」

「父ちゃんがいなくなったのは、すぐに気づいたのか」

ううん、と杉作は首を横に振った。

「父ちゃんがうちに帰ってこない晩は、仕事が忙しいからだよって、母ちゃんが言ってたから、そうだと思ってた。父ちゃんがいついなくなったか、よくわからねえ。天秤棒担いで物売りに出かけたまま、戻ってこなくなったんだ。次の日もその次の日も、そのまた次の日も戻ってこねえんだ。母ちゃんがおらの手を引いて、伊勢崎の物売りの仕入れ先まで訪ねたけど、父ちゃんがなんで戻ってこねえのか、わからなかったんだ。あの晩、母ちゃんが泣いてた。おら、目が覚めて、母ちゃんが可哀想で、おらも泣いたんだ」

「杉作さんが、六歳のときだな」

「そうだ。おら六歳の、まだ子供だった。何日かたって、黒半纏（くろばんてん）の見慣れねえ大人が三人、うちにきた。三人とも恐い顔をしてた。母ちゃんは板間の上がり端（はな）に坐って、しょげてるみてえだった。男らは土間に立ったまま、母ちゃんになんか言って、母ちゃんは黙って聞いてた。男らが帰ったあと、母ちゃんの様子は何も変わらなかったんだ。だけど、次の次の日、別の男が今度はひとりできて、母ちゃんはおらに、外で遊んどいでと言ったんだ。おら、母ちゃんの身が心配でならねえから、男が帰るまで外で見張ってた。その晩、母ちゃんが、杉作は明日から松二郎叔父さんの店で、暮らすんだよって言ったんだ。おら吃驚（びっくり）して、父ちゃんと母ちゃんはって聞いたら、父ちゃんはもう帰ってこねえ、母ちゃんは明日、遠くの町に奉公に出なきゃあいけなくて、七年は戻ってこられねえから、それまで、松二郎叔父さんの店で、寂しくても我慢して暮らすんだよって」

「次の日、母ちゃんを見送ったのが、母ちゃんの見納めだったんだな」

　木太郎が言うと、杉作はまた、首を横に振った。

「おらが朝起きたら、母ちゃんはもういなかった。おらの荷物の風呂敷包と、巾着が布団の傍に置いてあって、銭が三十文も入ってた」

杉作は、堪え切れずに頬を伝う涙を、小さな拳で拭った。

「竹本さん、よろしゅうございやすか」

木太郎は、再び長吉に話しかけた。

「どうぞ」

長吉は木太郎を促した。

「お良が伊野吉を想い始めたのは、村名主の田んぼの大田植の日、村の娘たちと早乙女の精一杯のおめかしをして、初めて田植に出た十七歳のときだったそうです。大田植は、村の古参の者が竹の杖を突いて指揮を執り、小太鼓が指揮に合わせて打ち鳴らされ、早乙女は一斉に掛け声を揃えて苗を植え、後ろへ後ろへと退っていくんだそうですね。伊野吉は小苗打ちとかの役割で、お良ら早乙女に苗を運んでおりやした。お良は、そんな伊野吉に惚れて一緒になったんです。おれは江戸育ちで、田植のことはわからねえが、村中の者が総出の大田植の最中、早乙女と若い百姓の、互いの想いを胸に秘めて田植をする姿が、目に浮かびやした」

「早乙女役は、村の娘が大人の女として一歩を踏み出すときです」

長吉の脳裡に、宇潟の地方の役目で廻村していた記憶が蘇り、つい言った。早乙女の娘たちの一斉にかける声が、田んぼに舞う花吹雪のようだった。

「ほう、竹本さんは、大田植の早乙女をご存じでやすか」

「すぎた昔に少し……」

「すぎた昔にでやすか」

木太郎はしばしの間、長吉を見つめた。それから、話を戻した。

「伊野吉は、働き者のいい亭主だった、わずかな田畑しかない小百姓の暮らしでも、お良は幸せだったと、言っておりやした。二十歳で杉作が生まれ、二年後に妹の左枝が生まれたんです。優しい亭主と二人の子に恵まれた、ささやかながら、穏やかな日が続いていたんです。それがあっという間に壊れていくんですから、果敢(はか)ないもんです。悪い流行風邪で妹の左枝を亡くし、その看病の医者の薬礼や薬料の支払いに窮し、伊野吉は収穫の二割三分を、三年の質に入れなきゃあ、ならなかった。どうやら、そこら辺から、伊野吉の様子が変わってきて、お良は心配だったと、言っておりやした。伊野吉が百姓仕事の傍ら、物売りの余業を始めて一年近くがたったころ、お良は、伊野吉が境(さかい)村の賭場に出入りしている噂を聞いたんです。それと、太田の質屋に入れていた収穫の二割三分の質が、三年から五年に延ばしていたのをたまたま知って、初めて夫婦喧嘩をしたと、それも言っておりやした」

杉作はしょんぼりした様子で、木太郎の話を聞いていた。しかし、もう涙は零(こぼ)していなかった。

「伊野吉の行方がわからなくなり、お良は村役人にも誰にもそれを打ち明けられず、ただ途方に暮れるしかなかった。数日がたって、村でも噂がたち始めたころ、境村の貸元の子分らが現れ、伊野吉が賭場で作った借金が云々ある、亭主がいなきゃあ女房のお良に返してもらわなきゃあならねえと言われ、うすうすは察していたけれど、やっぱりそうだったのかと、知ったそうです。ですがね、お良は亭主が女房と幼い子を捨て、行方をくらましたとわかっても、亭主を怨む気にはならなかったと、言っておりやした。むしろ、博奕なんかに手を出して作った借金が返せず、命まで取られかねないほど追い詰められた亭主が、可哀想でならなかったとも。惚れて一緒になった亭主の、せめて命だけでも救ってやらなければ、あとは自分が代わって負わなければと、覚悟を決めたと、お良はそうも言っておりやした」

「次の次の日にきたのが、伊勢崎の女衒だったんですね」

「ふるきやみてえなお客相手のこういう商売柄、間に女衒を通したほうが、あと腐れが少ないんです。お良の里は、同じ新田村のやはり小百姓で、頼ることはできなかった。自分の身を売るしか手がねえ、とお良は覚悟を決めたんです。身売りしたあと、六歳の杉作の養育と、収穫の二割三分が、五年の質草になっていた代々の田畑を、伊野吉の弟の松二郎に、任せるしかなかった。それで、身売りの年季は五年だったのを、お良が女衒に二年延ばしてほしいと、申し入れやした。つまり、五年の年季分は、亭主の博奕の借金返済に充て、あとの二年分は、耕し手のない田畑を耕し、年貢と質草を納めて残った収穫と合わせて、杉作の養育代として松二郎に渡す。で、自分が七年の年季を終えて村に戻ったとき、松二郎から田畑を返してもらう具合に、話をつけたんです。女衒が言うには、お良の器量はまずまずで、百姓女が柳のような手足、と言うわけにはいかねえが、身体つきも悪くねえ。その話をどうしやすかと聞かれやした。どうするもこうするも、二十五の年増で、子持の土臭い百姓女が、どれほど稼げるのか気になりつつ、そういう考えができる女かと、ちょいと感心しやした」

それから木太郎は、杉作へ話しかけた。

「だからな、杉作さん。おめえさんは松二郎叔父さんとおかや叔母さんに、ただで厄介になっているんじゃねえ。母ちゃんは杉作さんが肩身の狭い思いをしねえようにと、ちゃんと手当をしていたんだ。杉作さんの身を、本当に気にかけていたんだな。松二郎叔父さんとおかや叔母さんは、そのことは言ってなかったのかい」

杉作は首を横に振った。伝蔵が煎餅の器を杉作の前へ押し遣り、

「杉作さん、煎餅をお食べ」

と、皺だらけの笑顔を見せて言った。

杉作は伝蔵へ、こくり、と頷き、また煎餅を取り、ひとかじりした。それを咀嚼し飲み込んでから、木太郎に言った。

「木太郎さん、母ちゃんはだいぶ前から病気だったのかい」

「気づいたっていうか、血を吐いて起きていられなくなったのが、三月前だった。医者に診せて、労咳(ろうがい)とわかった。胸の病だ。一度罹(かか)ったら誰も助からねえ。母ちゃんはそういう病に

罹ってしまった。だから、新田村の松二郎さんに知らせをやったんだが、誰も会いにこなかった。無理もねえが」

「だってよう」

杉作は言いかけ、涙ぐんだ。

木太郎は長吉に言った。

「半年か、それ以上前から、お良の具合があんまりよくねえのは、わかっておりやした。お良は、気づいていなかったのか隠していたのか、ちょっと風邪気味でと、咳きこみがひどく、とき折り寝こんでおりやした。迂闊にも胸の病には思いがいたらず、こっちも商売ですから、しょうがねえな、と苦言を呈したこともありやした。だからって、お客相手に病人を無理矢理働かせたりはしやせん。ただあのとき、もう少し気をつけてりゃあ、と思わねえでもねえが、胸の病ならどっちにしても同じかな」

「寝込むようになって、それからは……」

「ほかの使用人がいやがるし、病人を抱えていると、噂が広まったら客商売に障りになりやす。と言って、病人を追い出すそんな薄情な真似はできやせん。人は相身互いでやすから。この妻沼に本業の《古着屋》の店がありやすんで、そこの物置に使ってた離れの土蔵に寝かせ、まあ、養生させやした。物置ったって、ちゃんと人が寝起きできる屋根裏部屋で、妻沼の田んぼのほうに小窓のある、眺めのいい部屋ですよ。婆さんをひとり付けてやりやした。

年季奉公どころか、とんだお荷物を抱えちまったぜと、笑うしかありやせんでした」

「母ちゃんは、病気が治らなかったのかい」

杉作は涙声で聞いた。

「最後は苦しそうな咳もせず、静かに眠るようだったぜ。妻沼村のはずれの、七、八町ほどある畷（なわて）の並木の下に、無縁塚がある。行き倒れやら、身寄りやら引き取り手のねえ仏さんは、その無縁塚に葬（ほうむ）ってやるんだ。利根川の流れからは五、六町ほどで、川向こうの上州のほうも眺められる、案外に眺めのいい場所さ。母ちゃんはそこに埋めた。母ちゃんが寂しくねえように、坊さんにお経をあげてもらった。あとで連れてってやる」

杉作は拭い切れない涙を、繰り返し拭い、小さな泣き声を漏らした。

「母ちゃんが元気だったころに、杉作さんのことを聞いた。頭がよくて男前で、気が優しくてと、何度も言ってたぜ。杉作さんは、母ちゃんの自慢の倅だったんだな」

木太郎はそう言って、出格子窓へ物思わしげな眼差（まなざ）しを投げた。田のくろの松林で、しいしい、と蟬が鳴いていた。

七

階下に、使用人らが言い交す声が聞こえている。酌婦らの笑い声や、上州訛（なま）りの早口のお喋（しゃべ）りが混じっていた。

「木太郎さん、なぜですか」

長吉は聞いた。

「何がですか」

木太郎が出格子窓から長吉へ見かえり、聞き返した。

「お良さんの身の上が詳しいので、意外に思いました。お良さんは、料理茶屋のふるぎやさんの奉公人のひとりにすぎません」

「取るに足らねえ酌婦ごときの身の上を、なんでそこまで気にかけるのかって？」

木太郎は隣の伝蔵に言った。

「どうしてかな、お父っつあん」

「どうしてもこうしても、おめえの気が済むんだから、それでいいじゃねえか」

あはは……

と、伝蔵は気持ちよさそうに笑った。

木太郎は腕組みをして言った。

「八州様のご家来衆にお聞かせして、余計なお節介でやしたか」

「お良さんの事情がつぶさにわかって、胸に染みました」

「なら、少しはお役にたちやしたかね」

長吉は頷いた。杉作が涙を拭いながら、食べかけの煎餅をかじった。

「おれは日本橋の、堀江六軒町生まれでしてね。お袋ひとりに倅ひとり。おやじは生まれたときからおりやせん。お袋は何も教えてくれなかったんで、もしかしたら、お袋もおれのおやじがどこのどいつか、わからなかったのかも知れやせん。堀江六軒町は芳町とも言われて、芳町新道は陰間茶屋が、何軒も残っておりやす。芳町新道を元大坂町のほうへ狭い裏路地に入ると、二階家を三軒ばかり並べた色茶屋が軒を寄せておりやしてね。お袋はそこの茶汲女だったんです。どのお客のなのかもわからねえ子を孕んで、なんで産んだんですかね。本途は、どの客の子かわかっていたのかも知れねえが、お袋のいい加減で成り行き任せな気だてのお陰で、おれは命拾いをしやしたがね」

木太郎は話し続けた。

「けど、お袋は優しい母ちゃんでした。物心ついてから八歳のときに亡くなるまで、お袋との暮らしにいやなことは殆どなかった。そんな生業の身ながら、お袋はおれを邪険にせず、案外大事に守ってくれていたんです。だからおれはいつも、お袋にべったりの母ちゃん子で、色茶屋の外に出て、芳町界隈の子供らと遊び廻る活発な子じゃなかった。お袋と同業の姉さん方と一緒にいるほうが、ずっと楽しいっていうか、子供らしさのねえ、ちょいとねじれた子だったかも知れやせん。ですから、お袋に客が入るといやな気分になりやした。外で遊んどいでって、無理矢理外へ出されやしたから」

木太郎は、隣の伝蔵へさりげない横目を流した。

「八歳のとき、お袋はお客との痴情のもつれの果てに刺されて亡くなったんです。おれは、ひとりの身寄りもなく、恐ろしげな知らない他人ばかりの中に取り残され、ただもう呆然として、口も利けずに震えておりやした。そしたら、この伝蔵さんが、ぼん、小父さんとおいで。ぼんは今日から小父さんの子になるんだと、頬笑みかけてくれたんですよ。伝蔵さん、つまりあっしのお父っつあんは、富沢町で古着屋を営む小商人だった。その二年ほど前から、伝蔵さんはお袋の馴染みのひとりでしてね。あっしは伝蔵さんの、いつもにこにこしていた顔を知っておりやした。孤児のあっしは、伝蔵さんの倅になって、かろうじて生き延びたんです」

すると、伝蔵が歯のない皺だらけの笑顔を、長吉と杉作のほうへ寄こした。

「あのとき、おらは三十歳を二つ三つすぎて、商売ひと筋の独り身でした。木太郎の母親はおなみと言いましてな。木太郎を引き取ることにしたのは、おなみを木太郎の瘤付きのまま落籍せ、女房にしてもいいと、前から思っていたところでした。おなみが思いがけず命を落とし、ひとり残された八歳の木太郎を、不憫に思い、仕方ねえ、これも定めだと、木太郎を倅にする決心をしたんです。そしたら、この木太郎が、案外に抜け目のない商いをしましてな。お百姓衆に江戸の華やかな着物が売れると睨んで、この妻沼に古着屋の別店を持ったのが大当たりでした。今は、富沢町の店を使用人に任せ、おらと木太郎はこちらへ移りました。それから商売の手を広げて、お陰でおらはこの妻沼で、楽をさせてもらっていますよ」

伝蔵は、楽しそうな笑顔を絶やさなかった。ふっ、と木太郎は小さく噴いて言った。

「で、竹本さんがお訊ねの、あっしがお良の身を気にかけるのは、こうだからと、言えるわけはありやせん。ただ、ひとつ、強いて言えばあれかなと思うことがありやす」

木太郎は、杉作を見つめていた。

「お良が、女衒に連れられて古着屋にきた三年半前の暮れ、酌婦はお客に酒の酌をするだけじゃねえ、わかっているんだろうねと念を押すと、お良は子供のためにこうするしかねえと、きっぱりと言い返し、だからこうするしかねえ、後悔はねえ、という覚悟が伝わってきて、こういう女もいるのかと、ちょいと感心したと、さっき言いやしたね。あの折りのお良を見ていたら、ふとね、お袋を思い出したんですよ。芳町の色茶屋の二階で、お客の相手をしていたお袋をね。確か、お袋もこんな口の利き方をしたな、色茶屋の二階で、幼いがきのあっしの面倒を見ていたお袋も、じつはこうだったんじゃねえかなとね。なんで色茶屋の二階で、父親もわからねえ子を産んだんだと、ずっと腹の底で思っておりやしたが、そうか、お袋は自分の身体にできた子を、産みたかったんだな、母親になって慈しみたかったんだなと思ったら、すとん、と腑に落ちた気がしやしてね。これはあっしの頭を一瞬よぎった、勝手な思い込みにすぎやせんし、ただそれだけのことでやすが、お良の身を気にかけたわけは、強いて言えばそれかも知れやせん」

木太郎は伝蔵に言った。

「お父っつあん、お良はお袋に顔だちが似ていなかったかい」

「器量はお良のほうが、だいぶよかった。おなみはおめえに似て、男っぽい顔つきだった。気だてがさっぱりして、おら、そういうところが気に入ってたんだがな」

あはは……

伝蔵がまた気持ちよさそうに笑った。

「お良から、新田村に残してきた杉作さんがこういう子で、こんなことをする子だと話すのを聞いて、あのときのあっしの年ごろに近い倅がいるんだなと、そのときもお袋を思い出しやした。お良が病気に罹るずっと前のことです。ですからね、お良が倒れて、労咳だとわかったとき、なんてこった、自慢の倅はあっしと同じじゃねえかと、悔やまれやした。前から具合が悪そうな様子をしていたのに、気づいてやれなかったのは、こういう商売の因果ってやつですかね。こっちも大損をこうむりやした。だが、今日こうやって、お良の自慢の倅の杉作さんに会って、お良の話をすることができて、ここにあった閊えがやっと取れた気がしやす」

木太郎は、指先で自分の胸を突いた。

すると、杉作が顔をあげて言った。

「木太郎さん、母ちゃんの年季はどれぐらい残っているんだ」

「母ちゃんの年季か。七年の前払いだから、三年半がすぎて、残り三年半だ。ほかの掛もあるが、それはこっちが勝手にやったことだから、勘定に入れねえでな」

「おらが母ちゃんの代わりに働いて、木太郎さんの借金を返す。それで手を打ってくれねえか」

「杉作さん、おめえに何ができるんだい。おめえに酌婦は無理だろう」

あは、と木太郎と伝蔵が声を揃えて笑ったが、杉作は引かなかった。

「水汲みでも、掃除でも洗濯でも、風呂焚きでも薪割りでも、客引きだってやれるし、なんだったら、賭場の中盆だって任せてくれていい。さっき言ったが、勘定なら今は大人よりできるぜ。飯はお客の食い残しの犬に食わせるやつでいいし、寝場所は縁の下を貸してくれりゃあ十分だ。木太郎さんに損はかけねえだで」

「杉作さん、言うじゃねえか。おめえが母ちゃんの年季の残り分を返すには、百年かかるぜ。だが、度胸は気に入った。ただの大口を利いてるだけかも知れねえが、物は試しだ。しばらくうちで働いてみるかい」

木太郎は、まるで子供のころの自分を見るような目で、杉作を見つめて言った。

しかし、その午後、長吉と杉作は、妻沼の渡船場から利根川を北へ渡った。お良が亡くなっていた事情と杉作を連れ戻した経緯を、まずは八州様に報告しなければならない。それからのことは、八州様のお指図に従うしかあるまい。そう思いながらも、これでよかったのか、と長吉は少し気が重かった。

「それは駄目だ。八州様に村の子供をみな無事に連れ戻すよう、命じられているのだ。ふるぎやさんで働くにしても、まずは村へ戻り、松二郎さんの了承を得てからでないと、却って、ふるぎやさんに余計な迷惑をかけることになり兼ねない。朝早く一緒に村を出た仲間も、杉作が村に帰ってこないと知ったら、きっと寂しがるぞ」

長吉は言った。

お良を埋葬した村の無縁塚を弔い、それから利根川の渡し船に乗ったのだった。

朝の雨を運んできた雲は消え、夏の青空が高かった。天道は西へ次第に傾き、北の地平には足尾の山嶺が望めた。杉作は船縁に両肘を乗せ、何か寂しそうに、利根の川面を凝っと見つめていた。日射しは厳しいが、川風が涼しかった。

長吉は杉作の痩せた肩に、手をそっと添えて言葉をかけた。

「新田村には、先祖代々受け継いできた田畑があり、先祖を祀る墓もあるのだ。杉作は田んぼを耕し、墓を守って行く務めがある。母ちゃんもきっと、それを望んでいる」

杉作のかぶった菅笠が、こくり、とゆれた。

第四話 若者仲間

一

上州の廻村が続いた。

山田郡大間々、足尾銅山道の花輪、赤城山系の大黒檜山の鳥居峠を越え、勢田郡から利根郡の榛名、沼田城下をへて月夜野の寄場を目指したのは、秋七月の半ばだった。月夜野を出て、三国山の山道を吾妻郡の中之条へと向かい、厚田、大戸と、榛名山と浅間山嶺の麓を巡廻した。夏の盛りの、野山を蔽っていた熱風のような蟬の声が、おうしいつくつく、と寒蟬の声に変わり始めていた。

そうして、次第に深まり行く秋の下、烏川沿いの三野倉をすぎ、高崎方面の箕郷の寄場へ向かった。

鉄之助は、高崎城下はずれの岩鼻陣屋に出役の挨拶を済ませ、岩鼻より藤岡へそのまま南下し、神流川を越えて武州へ入る一手六名の行程を組んでいた。関東八州でもっとも骨の折れる上州をすぎれば、武州も気の荒い土地柄だし、次に相州が控えているものの、この度の出役もひと山越えた、という気がやはりする。

文化二年（一八〇五）に、関東取締出役に選ばれたとき、鉄之助は三十二歳だった。文政十三年、鉄之助は五十七歳になった。文化二年に関東取締出役を仰せつかった八名のうち、今も出役を続けているのは、鉄之助ひとりだった。亡くなった者もいる。支配役の勘定奉行様より次の出役の命令は下されるのか、そろそろわが身を退(ひ)くときか、と思わないでもない。

　とは言え、いい加減に後進に道を開いてはと、余計な口出しをする傍(はた)の者が、気に入らなかった。

　退くか退かぬか、勘定奉行様のお沙汰(さた)なら、否(いな)やはない。お沙汰でなければ、おのれの身の進退はおのれが決める。傍から要(い)らざる口出しは、御免被(こうむ)る。

　だが、鉄之助の気がかりは、倅(せがれ)の橋右衛門(はしえもん)だった。もう二十九歳になっていた。鉄之助と番代わりをして、代官所手付に出仕する沙汰は未(いま)だ決まらなかった。妻を迎える話も一向に進まない。

　いかなる事態にも備えるため、一昨年の出役に橋右衛門に足軽を務めさせた。だが、一年近くになる巡廻の旅がつらい、と泣き言を並べ、鉄之助を落胆させた。橋右衛門の行末(ゆくすえ)が案じられた。

　上州の山々が色づくにはまだ早い、中秋(ちゅうしゅう)をすぎたころの昼下がりだった。鉄之助率いる一手六名が、烏川北岸を碓氷(うすい)郡中室田村(なかむろだむら)のはずれに差しかかったとき、烏川の川原で突然乱闘が始まった。

　乱闘の一方は七人、一方は二十人以上が数えられ、多勢に無勢は明らかだった。両者は真っ向から衝突したのではなかった。七人が多勢に追われ、川原を逃げてきたところへ、七人の前方に待ち構えていた、多勢側の仲間が雄叫びを発し、挟み撃ちにして襲いかかった。

ただ、襲われた七人は半纏と尻端折りの扮装に、みな長脇差を得物にした、無頼な博徒風体だった。一方の多勢側が奇妙で、尻端折りに手甲脚絆や野良着に股引の百姓風体に、剣術稽古の面や籠手、腹巻きを着け、手にしている得物は、木刀や竹刀、あるいは六尺棒だった。しかも、中に女とわかる甲高い喚声も混じっていて、長脇差の博徒風体に、怯むことなく打ちかかっていった。

博徒風体らは、長脇差を振り回し、怒声を投げ、喚きたて狂い廻ったが、前後左右から木刀や竹刀、六尺棒の乱打を浴びせられ、たちまち血だらけになり横転した。悲鳴をあげて散りぢりに逃げ廻る二人が、降りかかる石礫の餌食になって、頭を抱えて蹲り、ひとりが烏川に飛び込んで逃げ、水草の間から、数羽の鳥が慌てて飛びたった。

形勢は、わずかの間に決していた。川原に六体の博徒風体が、俯せたりぐったりと座り込んだり、力なく転がっていた。六体とも髪はざんばらで、半纏などの着物の袖が千切れ、血を垂らし、散々殴打を浴びた顔を、赤黒く腫らしていた。苦痛にうめく声も聞こえた。

多勢側の者らは、博徒風体を引き摺って一ヵ所に集め、拾い集められた長脇差が、がちゃがちゃと音をたてた。剣術稽古の面ではなく、頰被りに覆面をしたひとりが、集めた六人を怒鳴りつけ、周りから罵声が飛び、得物の殴打が再び始まった。

鉄之助率いる一手六名は、烏川北岸の道を偶然通りがかって、その一部始終をつぶさに見ていた。

「いかん。このままでは死人が出るぞ」

鉄之助は周りを見廻した。榛名山と浅間山嶺の山間を烏川が流れ、その両岸に沿って田畑が続き、山裾のほうに集落が木々に囲まれ散在している。ちらほらと、烏川の対岸にも此岸にも村民の通りがかりがいて、川原の乱闘に目を奪われていた。

鉄之助は道案内の二人に、田畑の先の集落を指差して命じた。

「あそこが室田村だ。すぐに村役人に騒ぎを知らせ、人を集めるのだ。みな行くぞ」

鉄之助が浅黄の十手を抜き、

「そこの者、御用だ。神妙にせよ」

と叫びながら、真っ先に蘆荻と石ころだらけの川原へ駆け下って行った。長吉と次治、六兵衛の三人も十手を手にして続いた。

だが、川原の者らは、十手をかざした四人に怯む様子をまったく見せなかった。

「てめえら、かかわりのねえ者は口を出すでねえ。怪我するぞ」

頬被りに覆面の男が怒鳴りかえし、廻りの者が喚声を発し、得物を突き上げた。剣術の防具の面に隠れて顔は見えないが、みなぎらぎらとして殺気だっていた。

多数の勢いに、鉄之助のほうが怯んだ。

「われらは、関東取締出役の御用の者だ。おぬしら、八州様に歯向かう気か。歯向かう者は討捨御免ぞ」

　長吉が十手を口に咥え、大刀を引き抜いた。そして、躊躇いなく上段へかざした。次治が同じく大刀を抜き放ち、続いて六兵衛が朱房の十手を構えて、鉄之助の左右に並ぶと、川原が急に静まった。

「千次、八州はまずいんでねえか」

　覆面の千次に、防具の面を被った男のくぐもった声が言った。

「んだな。ようし。これぐらいでええだ。こいつら、十分懲りたろう。てめえら、室田村に二度とくるんでねえど」

　千次が、ぼうっと坐り込んだ博徒風体の横っ面を、長い足で横倒しに蹴り付けた途端、身を軽々と翻し駆けて行くのを、周りの者が一斉にあとを追った。みなたちまち川原を駆け上がり、土手を走り去って行った。

「逃がして、いいんですかい」

　次治が鉄之助に言った。

「追って斬り合うのか。やつら、村の不良どもだ。逆上して歯向かってきたら、こっちが袋叩きにされるぞ。それにしても人数が多いな。肝を冷やした」

　鉄之助が苦々しげに顔をしかめた。

川下のほうに、綱を対岸に渡した渡船場があった。その渡し船に、川に逃げた博徒風体が拾いあげられていた。村の集落のほうからは、一団の村民が烏川のほうへ駆けてくるのが見えた。

二

中山道板鼻宿の久三郎は、碓氷川板鼻河岸の、河岸場人足の人寄せを請負う請負人であった。一方で、久三郎は板鼻宿の賭場の貸元でもあり、多数の無宿者を子分に抱え、久三郎自身が長脇差を帯しているが、子分らにも長脇差を帯びさせて常に引き従え、近在の博奕打ちや親分衆から、板鼻の通り者、と顔が知られていた。

久三郎の息のかかった者の中に、板鼻宿の金貸がいた。その金貸から、那波郡中室田村のある百姓に用だてた金を廻って、少々もめ事が生じており手を貸してほしい、と久三郎は頼まれた。もめ事を丸く収めてくれれば、相応の礼はするが取り敢えず、と手付を差し出され、頼まれれば否とは言えない性分の久三郎が、金貸から聞かされた事情はこうだった。

板鼻の信濃方面の次の宿場は安中城下で、安中から上州吾妻郡の大戸へ、脇往還が分かれている。脇往還の安中の次が、烏川の渡船場を渡った碓氷郡の中室田村だった。

一昨年の春、金貸は中室田村の浩助という百姓に、年利一割七分、利息は三季に分けて支払い、三年満期と決めて相応の金を貸し付けた。中室田村の浩助は、十人並みの百姓ながら、村の未開地を開いて田畑を広げ、養蚕もっと増やして収益を上げるため、その元手を借り受けた。

ところが、一昨年去年と、二年続けて天候不順や作物の病気などで、思うほどの収穫が得られず、利息の支払いも滞った。三年目の今年、どうやらまあまあの収益は見込めそうだが、三年満期の返済はむずかしく、年利を一割八分にあげてでも、あと二年の返済猶予を、板鼻の金貸に申し入れた。

すると金貸は、一昨年交わした借用証文を前にして、

「それは困りましたな、こちらもこれが生業ですから、約束は約束、貸した金は耳を揃えて返していただかねば」

と言いつつ、「でなければ」と付け足した。

浩助には、子が三人いた。十九歳の跡取りの長男と十六歳の長女、そして、十四歳の男子の三人であった。長女の菜江は、村では評判の器量よしで、浩助も目の中に入れても痛くないほど可愛がり、大事に育ててきた自慢の娘だった。金貸はその菜江を嫁にいただけませんか、と申し入れたのだった。

「こちらの菜江さんを、嫁にいただき、浩助さんとうちが親類になるのであれば、このたびの借金返済はお待ちいたします。と申しますか、菜江さんを嫁に迎える結納として、すでに

納めたことにいたしても、かまいませんが。そうすれば、借金と利息払いの重荷から解き放たれ、収穫のことのみを気に掛ければよろしいのですよ。浩助さん、そういうのではいかがでございますか」

浩助は始め、驚き呆れた。借金の形に大事な娘を嫁に出すなど、とんでもない申し入れだと思った。その場で即座に断れば、この話はそれで終ったのかもしれなかった。

だが、浩助はふと考えた。

いくら大事に育てた可愛い娘でも、いずれ嫁にやらねばならない。いくら器量がよくとも、十人並みの百姓の娘が、村名主や大百姓、血筋家柄のよい一門に嫁ぐ、と言うことはまずあり得ない。暮らしに窮することのない、それなりの家に嫁ぐのであれば良し、としなければならない。

それに、今はまだ十六歳だから、もっとよい嫁ぎ先をと選んでいても、四年余がたてば早や二十歳の年増。嫁ぎ先が見つからず、嫁げる相手ならどこでも、と言うことにもなりかねない。いかがわしい金貸、というのは引っかかるものの、人の生き血を吸う魔物でもあるまいし、少なくとも菜江が嫁いで、暮らしに困ることはない。

金貸の倅は十五歳で、色白の大人しい子と噂を耳にしていた。菜江が十六歳と倅が十五歳で、年ごろも似合いだし、倅が十八ぐらいになって、家業を継ぐ目処がたったころに祝言を挙げるのであれば、これは菜江にとっては、案外によい縁談かもしれない。のみならず、何よりも借金の返済に頭を悩ませなくとも済む。

　浩助はついそう思った。

「そこまで言うてくださるなら、女房とも相談いたし、そのうえで改めて返事をさせていただくということに」

　そう言いかけた浩助を、金貸は遮った。

「浩助さん、約束通り借金を返済していただくか、それとも、わたしの申し入れを受諾なさるか、そのどちらかを選ぶしか、方法はございません。金貸から借りた金の返済ができなければ、先祖代々耕してこられた田畑を質に入れるなり、人手に渡すなりして金を工面して返済なされば、それで済むことでございます。ですが、先祖代々継いできた田畑を、ご自分の代で途切れさすことになっては、まことにお気の毒です。そう思って、わたしも一歩譲って、商売抜きのぎりぎりのご提案をさせていただきました。しかし、すぐにご返事がいただけず、どうしたものかとお迷いならば、いたし方ございません。今のご提案はなかったものと、お忘れください。わたしが融通いたしましたお金は、この証文にございます期限通りに、ご返済いただきます」

「あ、いや、お待ちください。迷っているのではありません。ただ、菜江の気持ちも少しは汲んでやらねばなりませんし、何分、話が急なもので……」

　嫁入り話がなくなると思うと、浩助は狼狽え、われを失った。

鉄之助ら六名は、小濠と土塀を廻らした中室田村の名主屋敷に案内された。

博徒風体の六人も、歩けない者は村民らに戸板で運ばれ、名主屋敷にしょっ引かれていた。六人とも相当痛めつけられてはいたが、命に別状はなかった。応急の手当を済ませると、一角に土蔵のある庭先に筵を敷いて坐らせた。長脇差はむろん取り上げ、次治と長吉、六兵衛の三人が六人の左右に蹲った。名主屋敷に集まった村民が、その場を遠巻きに囲んでいた。

鉄之助は、村名主や村役人の主だった者らと座敷の縁側に居並び、鉄之助が庭先の六人に事情を質した。

烏川の川原の乱闘で、川へ飛び込んで逃れたひとりとしょっ引かれた六人は、中山道板鼻宿の久三郎が引取人の無宿者であった。久三郎が、板鼻宿の河岸場人足の人寄せの請負人と、中室田村の村役人らにも名は知られていた。

鉄之助の指図で、久三郎を中室田村の名主屋敷に呼びつける使いは、すでに板鼻宿へ向かっていた。

「あっしは辰と申しやす。久三郎の旦那に、河岸場人足をまとめる小頭を、命じられておりやす。この者らもみな、久三郎さんのお指図を受けておりやす仲間でございやす。どうか、久三郎さんにお訊ね願いやす。あっしらは、決して怪しいもんではございやせん」

小頭の辰が、鉄之助の取り調べに傷が痛む素振りを見せつつ応じた。

「あっしらは、久三郎さんのお言い付けで、中室田村の浩助さんの店をお訪ねし、娘さんの菜江さんを、板鼻の仁助さんの店まで丁重にお連れするため、こちらにきただけでございやす。と申しやすのは、中室田村の菜江さんは、父親の浩助さんの決めた板鼻の仁助さんの許嫁で、婚礼の日が迫っており、花嫁がいねえことには、婚礼の儀が調いやせんので、嫁入り道具はあとでもよい、まずは菜江さんの身ひとつでと、あっしらがお迎えを申しつかった次第でございやす」

「花嫁が身ひとつで嫁入りする風習が、このあたりでは行われておるのか」

「いえ。これには少々事情がございます」

隣の名主が、鉄之助に言った。

「ほう、事情があるのか」

名主や村役人らは、事情を承知しているらしく、顔を見合わせ頷き合った。鉄之助は、話を続けよと、辰を促した。

その昼下がり、辰が六人を率いて烏川の渡船場を中室田村へ渡って、船寄せにあがったところを、剣術稽古の面や籠手の防具を着け、あるいは頬被りに覆面の者ら十数名が、いきなり竹刀木刀、六尺棒を手に手に、喚声をあげて襲いかかってきた。

襲いかかってきたのは、中室田村のあらくれどもに違いなく、自分らは、久三郎の旦那の言い付けに従っているだけで、中室田村の村民になんの意趣遺恨もないし、詳しい事情も知らない、あとは久三郎の旦那にお訊ね願いやす、と辰は言った。

三

先ほどまで、庭先の筵に坐らせていた辰ら六人は、板鼻の久三郎が引き取りにくるまで、庭の一角の土蔵に閉じ込め、見張りをつけた。人気がなくなり、がらんとした庭先から、心地よい秋風が音もなく吹いていた。

「嫁入り話がなくなると思うと、狼狽えた浩助は、今一度確かめることもせず、わかりました、それでは菜江の嫁入りの話はお受けいたします、とその場で返答したのでございます。金貸の仁助は、よろしいのですね、お考えは変わりませんね、とこちらは念を押し、浩助が、ふつつかな娘でございますが、何とぞよろしくお願いいたします、と申したのでございます。すると仁助は莞爾と頬笑んで、ではお約束ですからと、前に置いた借用証文を取りあげ、浩助の目の前で破って見せたのでございます」

中室田村の名主の話は続いた。

鉄之助と村名主が座敷に対座し、名主の後ろに村役人ら、鉄之助の後ろには、次治、長吉、六兵衛の三人と、大戸からの道案内の二人が控えていた。

「浩助が娘の菜江を、板鼻の金貸へ嫁に遣(や)る話は、村の者はみなよく知っております。あれでは菜江が可哀想だと言う者もおり、父親の決めたことだから我慢するしかない、と言う者もおります。ですが、元は浩助の迂闊(うかつ)さがこんな事態を招いた、こうなってしまってはどうしようもない、という考えはどちらも同じでございます」

「金貸の倅に何か障りがあったのか。前髪は落としていても、十五歳はまだまだ子供だ。婚礼は早すぎたのか」

「そういうことではございません。浩助の早合点と申しますか、浩助に言わせれば、金貸の仁助に、元から含むところがあってわざと言わなかったに違いないらしいのでございますが、つまり、菜江を嫁に迎える相手が、十五歳の倅ではございませんで、四十六か七、五十に近い仁助当人だったんでございます」

「なんだ？　四十六、七の仁助当人が、十六歳の娘を女房にするつもりだったのか」

「仁助は十年ほど前に離縁した女房がおりました。女房を離縁したあと、幼い倅を男手ひとつで育て、ずっと女っ気のないやもめ暮らしだったと、そういう噂は聞こえております。やはりだんだん歳(とし)を取るにつれ、やもめ暮らしは、寂しかったのでございますかね」

高齢の村役人らが頷き合い、後ろの次治が、ぷっと噴いたのがわかった。

菜江の嫁ぐ相手が、仁助の倅ではなく、仁助当人だったことがわかって、浩助は驚き呆れ、卒倒しそうになった。

だが、騙(だま)された、仁助に一杯喰(く)わされたのだと、はたと気がついた。すぐに板鼻宿の仁助の店を訪ね、この縁談は初めに聞いていた話と違うゆえ、破談にしたい、ついては、一昨年来の借金は、年明けの三年の期限で、約束通り必ず返済いたすので、これまで通りの借用証文を、作り直してもらいたいと申し入れた。

するとと、仁助は平然と言い返した。

金貸がお客さま相手に交した約束を、舌の根も乾かぬうちに、反古(ほご)にすることなどできない。金貸が交した約束を破れば、お客さまをどれほど苦しめることになるか。事と次第によっては、お客さまが首を括(くく)る事態にもなりかねない。金貸の交した約束は、放たれた矢と同じであって、矢を放ったあとに間違いだった、なかったことにしたい、などと勝手な言い分は通らない。

「浩助さんと交したこのたびの約束も、まったく同じです。わたしは浩助さんの目の前で、金貸にとっては命も同然の借用証文を破り捨て、この約束を守る、と天地神明に誓(ちか)ったのです。浩助さんにも約束を守っていただかねばなりません。約束通り、菜江さんを嫁にいただきます」

借金の話と嫁取りの話は、同じにならない。借金は期限までに返済すれば終るが、嫁取りは人の、娘の菜江の一生がかかっている。第一、話が違う。仁助さんの十五歳の倅とわが十六歳の娘が夫婦になるはずが、親子、いや親子以上というか、そんな歳の離れた仁助さんの嫁になるなど、考えもしなかったし、仁助さんも言わなかった。これでは謀と同じではないかと言った。

「それは、確かめなかった浩助さんの落度ですよ。まだ前髪を落としたばかりの、小僧として修業中の倅の嫁取りなど、わたしのほうこそ考えもしませんでした。わたしは、何も訊ねない浩助さんは、当然、わたしの嫁取りの話とご承知だと思っておりましたから、言うまでもなかったのです」

それはおかしい、おかしいのはそちらです、と遣り取りを交すうちに口論になり、別れ際は罵り合いになった。

村に帰った浩助は、頭が混乱して百姓仕事が手につかなかった。丸一日ふさぎ込んだ挙句、恐る恐る老父母、女房、子供らに事情を打ち明けた途端、そんな、ひどい、と家中が大騒ぎになった。娘の菜江は寝込んでしまい、女房のみならず倅らから、元々金貸の倅に娘を嫁がせる話が不審だった、借金さえなければこんな話はなかった、と責められ、老父母には、ご先祖様に申しわけがたたない、と嘆かれた。

しかし、それから五日がたって、板鼻の仁助の代理人と称する者が、高価な贈答の品を携え、菜江の嫁入りの日取りを定めるために、中室田村の浩助を訪ねてきた。浩助は代理人を激しく罵って、

「金輪際、うちにくるでねえ」

と、そのときは追い返した。

するとその三日後に現れたのが、板鼻宿の河岸場人足の請負人で、板鼻宿の賭場の貸元でもあり、板鼻の通り者、と名を聞いたことのある久三郎だった。

目鼻が大きく、背も高かった。髷を固めた鬢付けがぷんぷんと臭った。よろけ縞の長羽織の下に長脇差を落とし差しに帯び、《久》の字を染め抜いた印半纏を着け、これも長脇差を差した人相の険しい子分を二人従えていた。

久三郎は内庭の上がり框に腰掛け、前部屋に肩をすぼめて端座した浩助に、背中を向けたまま低い声を投げた。

「浩助さん、もうええ加減に手を打つころ合いだでな。まさか、このまま何もなかったみてえな振りをして、てめえの都合のいいように事が収まるとは、なんぼ呑気な浩助さんでも思っちゃいめえ。お困りになった板鼻の仁助さんに、どうしたもんかと相談されて、おらが中立をすることになったのさ。で、仁助さんとの約束通り、花嫁さんの嫁入りの日取りを整えにきた。仁助さんはできるだけ早えのがいいと、お望みだで。浩助さんはいつが望みだね。ええ、いつだね」

久三郎は浩助へ大きな目鼻の顔をひねって、じろりと睨みつけた。浩助は何も言い返せなかった。

「うん？　何もお答えがねえ。てえことは、こっちに任せるってえことで、いいだでな。ええっ、いいだでな」

久三郎が野太い語調で念押しをした。浩助はただうな垂れ、震えていた。

「よしきた。なら決まった。祝言は五日後だ。五日……」

と、久三郎は大きな掌を開いて、浩助に突き付けた。

「五日後の昼下がり、うちのもんに駕籠屋を連れて迎えにこさせる。花嫁はこってり化粧して、白無垢のべべ着て待ってるように、よろしく頼むぜ、浩助さん」

鉄之助が問い質した。

「久三郎の子分らを襲ったあの者らは、二十名以上いた。中には女も混じっていたと思われる。多勢に無勢とは言え、子分らが逃げてくる先に待ち構え、挟み撃ちにした戦振りは、なかなかのものだ。子分らは長脇差を振り廻しても、為す術がなかった。引き際の俊敏さを見る限りは、若い者らだな。あの者らに心当たりはあるのか」

名主は困惑した顔つきを見せた。

「やはり、村の若い衆か。浩助の娘の事情を聞きつけ、そんなかどわかしまがいの真似はさせるわけにはいかぬと、若い衆らが示し合わせて、烏川の渡船場で待ち受けていた。そうだな」

村役人らが、ひそひそと小声を交した。

「だが、あの剣術稽古の木刀に竹刀、面や籠手、腹巻はどうした。中室田村に剣術道場があるのか。お上は、農業の妨げになる農民の武芸の稽古は禁じておる。にもかかわらず、農民の身分を忘れ、剣術稽古に現を抜かしておる気嵩な者らの仕業だな」

するると、名主がようやく言った。

「確かに、あの者らは村の若い衆に相違ございません。八州様の申された通り、久三郎の子分らが、浩助の娘を無理矢理連れ去りにくると知って、あの振る舞いに及んだようでございます。まことに、お上が禁じておるにもかかわらず、剣術稽古に熱心な、気嵩な者らでございます。と申しましても、あの者らは、農業をおろそかにしているのではございません。むしろ、熱心なくらいでございます。ただ、村のこれまでの慣例や決まり事には、関心がないし、守る気もない者らで、わたしどもも、あの者らをどうしたものかと、苦慮しておるのでございます」

「あの者らとは、どういう者なのだ。村のほかの若い衆らとは違うのか」

「村の若い衆の半数、いや、七、八割は《若者仲間》に与しておりますようで」

「若者仲間、と言うのか」

「そのように、名乗っております」

「若い女子も混じっておった」

「若い衆が大勢集まりますと、若い女子らも自ずと集まりますようで」

名主が言い、後ろの村役人らが頷いた。

「若者仲間が、これまでの慣例や決まり事に関心がないとは、どういうことだ」

「例えば、盆や正月、節句、田植稲刈奉納祭など、わたしども村役の者が代々受け継いで仕切っております村の祭礼では、これまで通りに村役人に従っておりますが、村の者それぞれが、ご先祖様を祀り、年上の者の言葉に従い、兄弟相和し、身分をわきまえ、農業に励み、質素倹約を旨とし、とかの慣例と申しますか、日々の暮らしで引き継いできた習わしには、敬う気持ちが希薄で、それどころか、反感さえ覚えておるのでございます」

名主が村役人へ見返った。

「耕作、千次は縁者だから、若者仲間のそこら辺の事情を、おまえが話しておくれ」

「承知いたしました。名主様に代わってわたくしがお答えをいたします」

村役人の耕作が言った。

「千次という者が、烏川で久三郎の子分らを襲った中にいた。頬被りに覆面をつけていた。その千次か」

「わたくしの従兄の倅でございます。子供のときからよく存じております。子供のころは大人しく、素直な子でございましたが、なしてあんな頑固な若衆になってしまったのか、従兄も頭を悩ませております」

「若者仲間のことを聞こう」

「はい。名主様が申されましたように、若者仲間は、農業には熱心でございますし、村の年中行事も、おろそかにはいたしません。ただそのほかに、風祭、虫送り、雨乞祭、天気祭など、若者仲間の内々だけに申し合わせて唱え、定めたその日は格別に、若者仲間同士が耕作休みなどと申し触れ、しかも、家々軒別に勝手に銭を集め、灯明お供えを調えて、酒宴を開いて、若い女子も混じり、わあわあきゃあきゃあと大騒ぎをいたします。ときには酔っ払って口論と、挙句に手足が出る喧嘩になる事態もしばしばで、そうしますと、今度は仲直りと、また酒食の振る舞いになるのでございます」

「若い女子も一緒にか。怪しからんな。お上は神事祭礼の質素倹約を命じておるのに、以ての外と言わざるを得ん」

「まことに、以ての外ではございます。ではございますが、若者仲間に加わっておらぬ若い者らも、楽しげな酒宴の騒ぎを聞きますと、そわそわと落ち着かぬ気持ちになるのは、若いころは自分もそうであったと、わからぬわけではございません」

鉄之助は、倅の橋右衛門を思い出し、苦い唾を飲み込んだ。

「農業以外のことで、呑み騒ぐほかには、何をしておる」

「専ら、剣術の稽古に励んでおります」

「もしかして、若い女子もか」

「数は少のうございますが、若い娘らも、案外に熱心でございます」

「若い娘が埒もない。剣術の稽古は、野天でやあやあとやっておるのだな」

「いいえ。村はずれに、若者仲間が建てた板葺屋根の剣道場がございます。元々は小さな番太小屋でございましたが、その隣の草地だったところを切り開いて、二、三十人の稽古ができる道場を自分らで建て、また若者仲間の溜場にもなっております」

「番太はどうした」

「爺さんがひとりおります。以前は、村に入ってくる不審者に目を光らせて、手下も従えておりました。若者仲間が道場を建て、稽古場と溜場になってからは、不審者を見つけたら、番木を鳴らすだけの役目に使われております。爺さんが番木を鳴らすと、若者仲間が駆けつけます。手下らも今はおりません」

「なぜそのようなことを許したのだ」

鉄之助は、再び名主を質した。

「許してはおりません。始めは、若い者らが村の行事によくかかわり、活発な働きをしておると、感心いたしておりました。それが、ここ三、四年のうちに、気がついたらこうなっていたと申しますか」

と、名主は顔をしかめた。

「きっかけは、七年ばかり前でございます。千次と仲間ら数人は、子供のころより剣術稽古の真似事をしており、十五、六のとき、自分らで銭を工面して出し合い、高崎城下のご浪人さんを師匠に招いて、本物の武芸を習う話になったのでございます。藤村龍之進と申されます年配のご浪人さんが、高崎から招かれ、村の長年寺に逗留し、境内で千次らに稽古をつけ始めました。そのときに竹刀や防具を揃え、叩き合いの激しい剣術稽古をするようになったのでございます。それを知った若い衆らが、おれもおれもと稽古に加わり、自ずと、長年寺の境内が若い衆らの溜場に、なって行ったのでございます」

「浪人を寺に逗留させるのは、禁じられておる。放っておいたのはまずい」

「いえいえ、それはわかっておりましたので、三月ほどのち、長年寺のご住職とわたくしが藤村さんに会い、これ以上村に逗留されては、障りがございますのでと伝え、某かの路銀を差しあげ、退散していただきました。あのあとの、千次らの憤りをなだめるのが、大変でございましたが」

「千次は幾つだ」

「二十三歳でございます。師匠がいなくなったのちも、千次が中心になって、長年寺境内の剣術稽古を続け、若者仲間を組み、今でも千次が頭でございます。村はずれの番太小屋の隣に道場を建てましたのは、三年前でございました」

「十五、六がもう二十三歳か。師匠がいなくなっても、道場まで建てて剣術の稽古を続けておるとは、不束者め。目に余るようであれば、なんらかの処分も考えねばな」

「ではございますが、八州様。あの者らはあれで農業には熱心でございまして、それぞれの家では欠かせぬ働き手でございます。何とぞ寛大なご処分を、お願いいたします」

と、それは耕作が肩をすぼめて言った。

「わかっておる。よかろう。あとは千次らから訊く。まずは、先ほどの烏川の乱闘の事情だ。昼日中にあれほどの乱闘騒ぎを起こしおって、放ってはおけぬ。千次らはどうした。きておるなら、庭先に連れ出せ」

「それがでございます。生憎、千次らはきておりません。八州様のお調べがある、急ぎ屋敷にくるようにと伝えさせましたところ、千次が申しますには、自分らは用があって道場を当分出ることができない、逃げも隠れもしない。八州様にこちらにきていただけと、そのように申しますもので……」

「なんだと」

鉄之助は呆れ、あとの言葉が続かなかった。

四

宵の酉の刻（午後五時～七時）をだいぶ廻ったころ、板鼻宿の久三郎が、烏川川原の乱闘騒ぎで怪我を負った子分らを引き取りにきた。久三郎は、うす鼠色に、大きな四角形の菱文を染め抜いた着流しに、黒地に同じ菱文の角帯を締め、羽二重の黒羽織を、大柄に着けていた。子分を九人も引き連れており、みな一様に久の字を染め抜いた印半纏を羽織っていた。ただし、久三郎も九人の子分らも、長脇差は帯びていなかった。

この久三郎の大きな目でひと睨みされ、百姓の浩助は竦み上がったに違いない。土蔵に閉じ込めていた六人を引き出し、庭に敷きつめた筵に坐らせた。隣に敷き並べた筵に久三郎が着座し、九人の子分らは後ろの筵に居並んだ。久三郎の肩幅のある大柄が、従えた子分らよりも目立った。

鉄之助と村役人らは縁側から、久三郎らを見下ろしている。昼間と同じく、次治と長吉、六兵衛、そして村人らも久三郎らを囲んで、筵にくるんだ六本の長脇差を、六兵衛が抱えていた。

四基のかがり火が夜の庭にゆれ、土塀際の草むらで虫が鳴いている。

「板鼻宿河岸場の人足仲介業を、河岸場のお役人様のお許しを得て、請負っておりやす久三郎でございやす。八州様のお指図を受け、手前どもの若い者らを、引き取りに参りやした。八州様、中室田村名主様、並びに村役人のみな様方に、若い者らが大変お世話になり、御礼申しあげやす」

久三郎が、落ち着いた口調で言った。

「こちらの六人は、久三郎の身うちに相違ないか」

鉄之助は念を押した。

「この者らはみな、確かにうちの使用人に相違ございやせん」

「久三郎の使用人ということは、板鼻宿河岸場人足の仲介業に就いているのだな」

「さようでございやす。あっしが見定め、河岸場人足の仲介業の務めに、雇った者らでございやす」

「大勢連れてきたそちらの九人も、この六人と同じ使用人か」

「へい。みなうちの者、この六人の朋輩でございやす。六人がならず者に襲われ、足腰立たねえほど痛め付けられたと知らせを受け、引き取りの人手に連れて参りやした」

「襲われたのは七人で、助けが要る者は二人だがな。ならず者に用心もせねばならぬだろうし、人数の多いほうが心強いしな」

鉄之助がわざとくどく言った。

久三郎は大きな口をへの字に結んで、鼻息を鳴らした。

「では、六人が帯びていた刀は、雇人の久三郎が帯刀を許した得物、と見なしてもよいのか。脇差は武士以外にも佩用は許されているが、これは長脇差ではないのか」

鉄之助は、六兵衛の抱えた刀をくるんだ筵を指差した。

「八州様に申しあげやす。うちの稼業は河岸場人足仲介の請負業でございやす。気の荒い人足らが相手の稼業で、こちらの指示を大人しく聞く者は、少ねえと申しやすか、滅多におりやせん。文句たらたら、もめ事ごたごた、殴る蹴るの喧嘩沙汰は、日常茶飯事でございやす。うちの使用人が人足らともめて、危ねえ目に遭い兼ねねえ事態も、少なからずございやす。でございやすんで、使用人らの身を守るため、河岸場のお役人様、また宿場のお役人様にご相談申し上げ、帯刀を黙認していただいておりやす。ただし、二尺（約六〇センチ）に届かぬ一本のみと、それは厳しく守っておりやす」

「すると、そちらの九人も、当然、久三郎も、今宵は無腰でも、普段は定寸以上の長脇差を帯びて、請負稼業に就いているわけだな。しかし、そちらの九人とこちらの六人、ほかにもひとり、烏川に飛び込んで逃げた者もいた。逃げた者が九人に混じっているとしても、十五人から十六人。板鼻の店に残っている使用人もいるなら、ずい分な人数を抱えていることになる。それほどの人数が、河岸場人足の仲介請負業には要るのか」

「これにはわけがございやす。じつを申しやすと、使用人の全部ではございやせんが、この中にも多数の無宿者がおりやす。無宿者と申しやしても、凶状持ではございやせん。みな、生まれ育った故郷で暮らしがたたず、やむを得ず村を捨て、国を捨て、無宿渡世に落ちた者らばかりでございやす。そういう者らが、板鼻の久三郎を頼ってきやしたら、給金は払えねえが、飯だけは食わしてやる、それでもいいならと、引取人になったのが、だんだんと増えて、こうなったんでございやす。八州様の決まりでも、凶状持ではねえ無宿者は、身元の確かな引取人が申し出れば、引き取らせると、聞いておりやすが」

「その通りだ。久三郎は身元の確かな引取人と、板鼻では認められているのだな」

「畏れ入りやす」

「今日の昼下がりのことを聞こう。この者らと逃げたひとりの七人は、中室田村百姓浩助の娘の菜江を、板鼻の金貸仁助の店に連れて行くため、久三郎が中室田村に遣わしたのだな。烏川の渡船場で多数の若い者らに襲われ、この有様だが」

「中室田村の若者仲間と唱える、ならず者どもの悪い噂は聞いておりやした。しかしながら、こんな真似をするとは、思ってもおりやせんでした。迂闊でございやした」

「その若者仲間が七人を襲ったのは、浩助の娘の菜江が、板鼻の仁助の店に連れて行かれるのを阻んだのだな。若者仲間がなぜ、阻んだのか、わかっているか」

「あっしには、まったく合点がいきやせん。これは、板鼻の仁助さんと、中室田村の浩助さんの娘が祝言を挙げる、目出てえ嫁入り話でございやす。つまり、浩助さんは娘を板鼻の仁助さんに嫁がせ、仁助さんは浩助さんの娘を嫁に迎える。それでまとまった浩助さんと仁助さんの相対の、若者仲間の者らにはなんのかかり合いもねえ、嫁取り話でございやす。それをあのならず者めらが、とんでもねえことでございやす」

「久三郎、実情はそうではないと、知っているだろう。金貸の仁助は、貸した金の返済に苦慮している浩助の弱みにつけ入り、浩助の娘菜江を自分の嫁にと目論んだ。仁助はもう五十に近く、菜江は十六歳だ。そういう歳の差の嫁取り話もないではない。だが多くはないし、無理がある。浩助は、借金を無しにするので菜江を嫁にと、仁助に持ちかけられたとき、仁助の十五歳の倅との縁談と思い込んだ。娘を嫁に遣って借金が無しになるなら、そう悪い話でもないと、都合よく考えた。確かめなかった浩助は迂闊だが、仁助のほうも話を曖昧にした」

「そうなんで？　あっしは、仁助さんの嫁取り話の事情しか存じやせんが」

「なら、今知っただろう。嫁取り話の仁助の狙いを知って、浩助は驚き、それでは娘を嫁に遣れないと断ったが、仁助はもう決まった話だと承知しなかった。嫁取り話が妙なふうにこじれ、業を煮やした仁助は久三郎に、手を貸してほしいと頼んだ」

「そりゃあ、日ごろよく存じあげている仁助さんの、目出てえ嫁取り話を手伝ってくれと頼まれりゃあ、喜んで手伝いやすよ。それが何か間違っておりやすか」

「しらばっくれるな。表の顔は、板鼻の河岸場人足の請負人でも、一方では、賭場を仕切る貸元、無宿の子分を大勢抱え、長脇差を帯びて、盛り場に睨みを効かす板鼻の通り者と、この近在で久三郎を知らぬ者はいない。そんな久三郎が、仁助に代わって、娘の嫁入りの一件だが、と浩助の店に乗り込んだ。浩助が怯えるのは当然だ。それでは嫁取り話ではなく、脅し、恐喝ではないのか。そうではないか、久三郎」

　ふん、と久三郎は鼻で笑ったが、もう言い返さなかった。

「で、今日の昼下がりの、烏川のあの乱闘騒ぎだ。久三郎、詳細については一々確かめないが、大筋は以上で間違いないいな」

「八州様、これは一体なんでございやすか。ここはお裁きの場でございやすか。お裁きの場なら、うちの使用人らに多勢で襲いかかり大怪我を負わせた、若者仲間の者らがここに引っ立てられていねえのは、片落ちじゃあございやせんか。やつらこそお裁きを受けなきゃならねえならず者が、なんでやられたあっしらが、まるで下手人みてえに、お裁きを受けなきゃならねえんでございやすか」

「お裁きの場ではない。乱闘騒ぎの事情を確かめているのだ。若者仲間にも訊く。怪我人を引き取らねばならないだろう。だから、久三郎を先にした」

そこで鉄之助は、声をわざと低くした。

「それから、ひとつ、言うておく。わたしは関東取締出役だが、関東農村で起こった事件で、わたしの手限り(てぎ)で処分できることは限られている。それ以外は、みな江戸送りになる。江戸送りになれば、襲撃を掛けた若者仲間に、陣屋の調べが入るのは当然としても、襲撃をかけられた側の、久三郎の身辺も騒がしくなるのも間違いない。請負人以外の稼業や通り者の面目が、今まで通り保てるかどうか。まあ、わたしは、江戸送りにするほどの一件とは思わぬが」

久三郎は目を大きく見開き、鉄之助を睨みつけた。そして、

「八州様のご配慮、お礼を申しあげやす。おありがとうございやした」

と、手をついて頭(こうべ)を垂れた。

五

翌朝も秋のよい天気が続いて、妙義山や浅間山、北の榛名山のずっと東のほうには赤城山、さらにもっと遠い空の下に、白根山の青い山影が望めた。

道場は、田んぼの向こうに、次の下室田村の集落の茅葺屋根が見える、椋やとちの間にあった。木々の間を飛び交う鵯が、心地よさそうに囀っていた。

道場の板間には、野良着姿の若者らが、板壁に神棚を祀った正面へ向いて、殊勝に着座し、隣の者とのぼそぼそとした話し声がもれてくる。

神棚の下に鉄之助と名主、村役人らが居並んで、若者らと相対した。道場の片側の板壁沿いには村人が集まっており、六兵衛と次治、長吉、大戸からの道案内の二人も、村人らと並んで着座し、若者らを見守っていた。

若者らは、痩せた者、太った者、小柄な者、また女も三人混じって二十名以上いた。みな早朝の野良仕事を済ませてきたらしく、若い熱気を鉄之助は感じていた。

若者らの一番前の中心に、二重の切れ長な目を板間に落とし、痩身だが肩幅が広く、上背のありそうな若者がいた。若者は板間へ伏せた目を上げなかったが、昨日、烏川で頬被りに覆面をしていた千次であることが、切れ長なしゅっとした目を見て、鉄之助はすぐわかった。案外に童顔だった。

　そこへ、遅れていた若者が顔を火照らせて道場に現れ、後列の若者らと目配せを交して着座した。

「これで揃いました」

　村役人のひとりが名主に告げ、名主が頷いて言った。

「みな、なぜ朝から道場に呼んだか、わかってるだでな。昨日、烏川で乱闘騒ぎを起こした事情を、八州様がお調べになる。昨夜、板鼻の久三郎を呼び、久三郎の言い分を訊いた。本来ならおまえたちも屋敷にきて、八州様のお訊ねにお答えしなければならなかった。ところが、おまえたちは用があるだで、お調べがあるなら八州様にきてもらいてえと、とんでもねえ横着をして、お呼び出しに従わなかった。仕方ねえだでこうなった。言うておくが、八州様の厳しいお調べを受け、次第によっては、おまえたちは江戸送りになって、江戸でお裁きを受けることに、なるかもしれんのだぞ。覚悟しておけよ」

　名主は若い者を脅し、効き目があったのかなかったのか、若い者らは騒めいた。笑っている者もいた。

　鉄之助は千次に声をかけた。

「千次、昨日は頬被りに覆面だったから、もっと恐ろしげな男かと思っていた。そうでもないのだな。千次が若者仲間の頭か」

すると、千次が伏せていた切れ長の綺麗な目を、鉄之助へ向けた。

「決めたわけではねえだで。村の若いもんで若者仲間を組む話を、おらが持ち出したんで、だからなんとなくで……」

「なんとなくか。よかろう。どんな道場か、ここにくるついでに検分できて、ちょうどよい。掘立小屋のような道場かと思っていたが、ずい分立派な道場なので驚いた。ただし、お上は農民の武芸を禁じているので、それを心得ておくようにな」

若い者らは、少し不服そうな気配を見せつつ、何も言わず凝っとしていた。ただ、千次は鉄之助に向けた目をそらさなかった。

鉄之助は続けた。

「でだ、調べたいことが二つある。まずは昨日の烏川の乱闘だ。なぜおまえたちが久三郎の子分らを襲ったのか、じつは大旨事情はわかっているのだが、おまえたちからも聞いておきたい。千次、答えろ」

千次は、黙然として首肯した。

「浩助さんとこの菜江が、金貸の仁助と祝言を挙げるらしいと聞いて、初めは吃驚しただでな。板鼻の仁助は、見映えのしねえ五十近い男だし、貸した金の取りたてがあくどいので、悪い評判しか聞いてなかった。まだ十六歳の菜江がなんで仁助にと思って、よくよく聞いてみたら……」

と、二年半前、浩助が仁助に借金をし、その返済が滞ったことから、菜江の嫁取り話を廻るごたごたと、仁助に頼まれた久三郎の脅しが絡んできた経緯が聞けた。

「久三郎が浩助さんを脅して、五日後に菜江を無理矢理板鼻の仁助の店に連れて行き、仁助の女房にすることになって、浩助さんは久三郎に怯えてどうにもできねえし、菜江が泣き暮れていると聞いただで、おらたちの間でも、同じ村の娘を、そんなかどわかしみてえな嫁取り話で、連れて行かせるわけにはいかねえ、じゃあどうするかと相談した」

「若者仲間で相談し、昨日の襲撃か」

「相談したが、結局、烏川の渡船場で久三郎の子分らを追い払うしかねえと、話が決まったでな。あとはどれだけの人数でやるかだった。十三、四の若い衆もいるが、そういう若い衆は入れねえことにして、女もやるという仲間だけにした。それでこの人数になった。久三郎も手下らは、長脇差を振り廻してくるに違いねえから、剣術稽古の防具を着けることにした。それから、おれと貫助と乙吉は、真っ先に久三郎を狙うことに決めてた。ところが久三郎がいなかった。当てが外れて残念だった。子分らの人数が、おらたちより多かったら、やるかやらねえかは、おらが指図すると決めた。昨日は昼前に川原に集まって、剣術の野稽古をする振りをしてた。天気がよくてよかった」

「おまえたちが、浩助と菜江を助けるためにやったことはわかる。だが、あのような乱暴な振る舞いに及ぶ前に、まずは村名主や村役人になぜひと言、相談しなかった。もっとまともな手だてが、あったとは思わぬか」

するとあはっ、と千次が笑った。千次に釣られ、若者らが一斉に笑い声をはじけさせた。鉄之助は呆気に取られた。

「千次、八州様に無礼ではねえか。みなも静かにしねえか」

村役人の中の耕作が、従兄の倅の千次をたしなめた。千次は真顔に戻って言った。

「八州様、村の浩助さんと娘の菜江が、仁助に一杯食わされて、そのうえ、物騒な久三郎に脅されて怯えているのに、名主様と村役人さんが、なぜ何も手を打たなかったか、おらたちのよりもっとまともな手だてを、お訊ねになりやしたか」

あ？　と鉄之助は言葉に詰まった。

「村の者はみな、浩助さんが久三郎に脅されて、菜江が悲しくて泣いてるのを知ってたのに、名主様も村役人さんも、何も手を打たなかったでな。金を借りて返さねえ浩助さんが馬鹿だ迂闊だった、仕方がねえと、見て見ぬ振りしてたでな。だからおらたちがやるしかなかったんでねえか」

そうだそうだ、と次々に声が飛んで、道場は騒然とした。道場が静まるのを待って、千次は続けた。

「板鼻の久三郎は、表向きの生業は河岸場人足の請負人でも、本心の顔は、物騒な子分を大勢抱えた、板鼻の通り者と呼ばれてるやくざだ。自分の顔を潰されたら、絶対ただじゃおかねえ恐ろしい男だ。おらたちが久三郎の子分を痛めつけたんで、久三郎がこのまま大人しく引きさがるわけがねえ。必ず仕返しにくる。それから、菜江のことも次にどんな手を打ってくるか、わからねえ。けど、久三郎がどんなに恐ろしいやくざでも、おらたちの村で好き勝手な真似はさせねえ」

おう、と二十数人の声が一斉に応じた。

名主と村役人の誰も、静かにしろとは言わなかった。

「言い分は聞いた。考慮しておく」

鉄之助が言うと、若い者らは冷やかに笑っただけだった。

「もうひとつ訊ねる。おまえたち若い者らがみなで申し合わせて、若者仲間を組むのはよい。余所(よそ)の村で若い者が党を組み、農業をおろそかにし、酒食に耽(ふけ)り、酒に酔って喧嘩騒ぎを起こし、乱暴狼藉を働き、村民の顰蹙(ひんしゅく)を買っていると、そういう話を聞く。おまえたちの若者仲間も、同じような振る舞いはしておらぬか。聞いたところでは……」

鉄之助は、若者仲間が、ご先祖様を祀り、年上の者の言葉に従い、兄弟相和し、身分をわきまえ農業に励み、質素倹約を旨とし、などの習わしや慣例を敬う気持ちが乏しく、反感さえ覚えていることや、若者仲間の内々だけで勝手に祭事を定め、耕作休みを触れ廻り、家々軒別に銭を集め、灯明お供えを調えて、酒宴を開き、と並べたてた。

「若い女子も混じって、妄(みだ)りに大騒ぎをなし、ときには酔っ払って口論の挙句に、手足が出る喧嘩にも、しばしば及んではおらぬか。千次、どうだ」

千次は、しばしば鉄之助を見つめると、

「八州様に申し上げます」

と言った。

「風祭とか虫送りとか、雨乞祭とか天気祭とか、仲間だけで勝手に祭の日を決めて、それを口実に、村中を一軒一軒廻って銭を集め、灯明をあげ、酒と食物を調え、酒盛りをして騒ぐのはその通りだ。酔っ払ってああだこうだと言い合っているうちに、喧嘩になることはよくある。おらと貫助が取っ組み合いの喧嘩になって、そのあと、また酒を呑んで仲直りしたこともあるだで。酔っ払って喧嘩をするのはいいことじゃねえが、そういうことって、おらたちの仲間だけじゃなく、世間のどこにでもあることじゃねえのか。夫婦喧嘩もするし、兄弟喧嘩もするし、子供を仕付けだと言って引っ叩く親だっているし、住人同士で他人の悪口を言い触らすことだって、あるじゃねえか。それだって、性質の悪い喧嘩じゃねえのか」

千次は、鉄之助から目を離さなかった。

「人を虐めたり、馬鹿にしたり、蔑んだり、貶めたり、偉そうに命令したり、犬や猫みてえに叱りつけたり怒鳴りつけたり、みんなやってるんじゃねえか。けど、おらたち仲間同士で喧嘩はするが、人を虐めたり、馬鹿にしたり、蔑んだり、貶めたり、偉そうに命令したり、犬や猫みてえに叱りつけたり怒鳴りつけたりはしねえ。だってさ、自分がそんな目に遭わされたら、いやじゃねえか。自分の父ちゃんや母ちゃんや、兄ちゃんや姉ちゃんや、弟や妹がそんな目に遭わされたら、見ちゃいられねえし、悲しいじゃねえか。八州様、おらたちは傍から見れば、礼儀知らずの喧嘩ばっかりしてる不良かもしれねえが、仲間同士では、そんな真似はしねえだでな」

するると、名主が不快を露わにして言った。

「そんな話ではねえ。おまえたち若者仲間が、先祖代々続いてきた村の仕きたりを、敬うどころか軽んじ、好き勝手に振る舞って、村の者が迷惑をこうむってる話だでな」

「おらたちが勝手に定めた祭で、集める銭はわずかだ。わずかな銭でも、出したくなきゃあ取らねえ。名主様だって出したことねえじゃねえか。それに名主様も村役人さんも、大きな田んぼがあるからいいが、苗や種を貸しつけてる貧乏な百姓らに、ただで小作働きをさせてるじゃねえか。銭を集めてるおらたちが不良なら、名主様も不良なのか」

「千次、おまえは知りもせぬくせに」

名主が腹だたしげに怒鳴った。言いすぎたと気づいて、千次は頭を垂れた。

「申しわけねえ。つい、口が滑っちまった。おらが言いてえのは、おらたちは田んぼ仕事も畑仕事も、怠けてるわけじゃねえ。ちゃんとやってるだで。道場に集まって剣術の稽古をするのは、百姓仕事が終ってからだ。ご先祖様はちゃんと敬うし、年上の言うことに従うのは大事なことだ。けど、これまで通りじゃなくても、ご先祖様を敬うことをおろそかにしてるわけじゃねえ。年上の者だって、ときには間違ったことを言うし、間違ったことをするんじゃねえか。身分をわきまえろとか、質素倹約をしろとか、そんなこと、誰が決めたんだ。おら知らねえ。知らねえやつに言われたくねえ。ご先祖様にだって、間違いは間違いだと言いてえだけだ」

「黙れっ、馬鹿者が。ご先祖様の罰があたるぞ」

「千次、やめろ。名主様に無礼なことを言うでねえ。名主様に謝れ」

と、耕作が千次を叱った。

千次はぎゅっと唇を結んで、黙り込んだ。名主も村役人も、村人も若い者らも、道場にいる誰もが、それ以上は何も言わなかった。道場は何やら重苦しい沈黙に包まれた。

道場の周りの木々で、鵯（ひよどり）が心地よげに囀（さえず）っていた。

やがて、鉄之助は千次を凝っと見つめ、刺々（とげとげ）しい気配をなだめるように言い添えた。

「もうよい。千次の言い分は大体わかった」

それから、千次の廻りの若い者らへ向き、

「みなの衆、これまでにしよう」

と言った。

千次は鉄之助を、訝（いぶか）しそうに見返した。

六

同じ日の午後、鉄之助率いる一手六名は、思いがけず、ひと晩の宿を取った中室田村の名主屋敷を発ち、大戸の次の寄場がある箕郷へ向かった。箕郷から高崎城下まではそう遠くはない。箕郷の寄場の巡廻をへて高崎城下をすぎ、中山道岩鼻村の陣屋に寄ったのは、それから三日後だった。

鉄之助は、中室田村の名主と村役人に、板鼻に出向き金貸の仁助と直に会って説得し、浩助の娘菜江を嫁に取る話に、仕舞いをつけることを命じていた。鉄之助自身は、岩鼻の陣屋の元締を訪ね、板鼻の河岸場人足の請負人である久三郎が、今後この一件に一切かかわらず、遺恨晴らしもせぬよう、手を打ってもらいたいと、申し入れたのだった。

と言うのも、久三郎は宿場役人のみならず、陣屋の役人にも顔が通っており、かなり親密な繋がりがある噂は聞こえていた。そういう者は何処にでもおり、そういう者だからこそ、河岸場人足の請負人の顔を持つ裏で、無宿の子分を大勢抱えた賭場の貸元や、通り者の顔も保っていられるのだった。

「なるほど、そうでしたか。それは面倒な一件にかかわられましたな。わかりました。八州様の手限りで、そのように処分を下されたのですから、われらができる手だてをいたしましょう。板鼻の久三郎の評判は、わが陣屋にも聞こえております。悪い評判もあれば、案外いい評判もあって、ひと筋縄ではいかぬ男です。しかし、さほどのもめ事とも思われません。板鼻の宿場役人に伝え、久三郎に釘を刺せば、損得に聡い男ですので、遺恨晴らしなどございますまい」

と、元締が心得た口振りで請け合った。鉄之助は、これでよかろうと思った。

倉賀野宿で中山道を外れ、武州八幡山への往還を取った。立石、大塚とすぎ、藤岡から神流川を渡り、いよいよ武州へと入った。

八幡山の次の寄場は寄居で、寄居、小川をへて、文政十三年（一八三〇）の晩秋九月の末、鉄之助の一手は高麗郡の飯能の寄場に着いた。

武州は、関東八州の中で、上州、野州に次いで無宿渡世の流れ者が多く、事件の多い不穏な土地柄であった。

しかし、江戸に近い武州の地勢は、広大な農地が殆どの豊かな土地であり、代官所の陣屋が多かった。のみならず、西方の武州川越藩は、関東八州の中で、常州の水戸藩、相州の小田原藩と並んで、領国内の治安と農政に、幕府の干渉を拒んでいた。領内の治安と農政は、藩の始末にお任せいただく、という立場をとっていた。

ゆえに、武州の巡廻は、上州、野州に次ぐ無宿渡世が多く事件の多い土地柄ながら、出役が治安維持強化や風俗取り締まりに乗り出し、関与する機会は案外に少なかった。

その飯能の寄場に、先だって上州中山道の安中城下はずれで起こった、ある人殺し事件の噂が、鉄之助の一手が到着するより先に伝わっていた。

「それでは、八州様が上野方面の巡廻を終えられ、武州を巡廻なされていたころに起こったようでございますね」

と、飯能の寄場役人が、二十日ほど前、中山道板鼻宿で河岸場人足の請負人を務める、久三郎という親方が殺された事件の噂話を、鉄之助に語って聞かせた。

「久三郎は、河岸場人足の請負人を務める表の顔の一方、宿場の賭場の貸元で……」

寄場役人は言った。

安中城下から、吾妻郡の大戸へ分かれる脇往還があって、その往還をとって烏川を渡った中室田村の千次という若い百姓が、何事か久三郎の恨みを買ったらしかった。中室田村の千次に顔を潰された、と久三郎が周辺の者にもらしていたと、その噂には尾鰭がついていたが、千次がどんな恨みを買ったのかは噂ではわからなかった。

久三郎が殺されてから、散りぢりになった子分らが言うには、千次に恥をかかされた、あの野郎をこのままにしたら、板鼻宿の通り者の名が廃るぜ、と久三郎は千次の騙し討ちを謀った。

久三郎は、例の一件の手打を、と千次に持ちかけ、双方子分や仲間を連れず、二人だけで腹を割ってと、中山道の安中城下の酒亭に千次を誘き出した。久三郎と千次が酒亭で盃を交し、手打になったその宵、千次が安中城下からの帰途、城下はずれ、碓氷郡下秋間村の人気のない林道を通りがかったとき、待ち伏せていた久三郎の子分らが千次の行手に立ち塞がったのだった。そして、背後も子分らが塞ぎ、そこへ久三郎が現れ、

「千次、借りを返すぜ」

と言ったかどうかは、噂では知れないが、十数人が千次を囲んで始末にかかった。

ところが、千次はひとりではなかった。久三郎が持ちかけた手打話など、千次は端から真に受けていなかった。気心の知れた腕のたつ仲間が七、八人、安中城下の酒亭に客を装って上がり、用心を怠っていなかった。安中城下を出て、無事と見極めたところで合流する手筈だった。

馬鹿正直にひとりできやがったと思い込んでいた久三郎と子分らは、思いもよらず、木刀や棍棒を得物の新手にいきなり攻めかかられ、気を失った者や怪我を負って動けなくなった者らを数体残して、散りぢりに逃げ去った。残された怪我人の中に、久三郎の亡骸が横たわっていた。

「それも、久三郎は数人がかりに棍棒やら何やらでめった打ちにされた挙句、頭蓋を無残に割られ絶命したようでございます」

「板鼻の久三郎が、そんな目に遭っていたのか。意外だな」

「八州様は、久三郎と千次をご存じでございましたか」

「両名とも、少々わけがあって知っておる。千次らの怪我人は」

「噂では、そちらに怪我人は出なかったと聞こえております」

「では、千次と仲間は捕縛されたのか」

「それがでございますね。久三郎が殺されたとわかると、板鼻に抱えていた子分らは蜘蛛の子を散らすように誰もいなくなり、どうやら、久三郎が誰になぜ殺されたのか、それを知っている者が、いなくなったのでございます。下秋間村に久三郎の亡骸と一緒に見つけられた怪我人や動けなくなった者らも、安中藩のお役人のお調べに、知らないやつらに襲われたと言うばかりだったようで、たぶん、久三郎が千次に借りを返すつもりが、返り討ちに遭ってしまったごたごたに、巻き込まれたくなかったんでございましょうね。ですから、久三郎殺しの下手人はわからぬままでございます。ただ、人の口に戸は立てられません。ほぼ同じころに、申しました中室田村の千次と仲間の久三郎殺しの顛末が、噂になり始めたそうでございます」

「噂になり始めたということは、千次と仲間らは捕まってはいないのだな」

「そのようでございます。しかしながら、噂にはまだ続きがございまして、千次と仲間の久三郎殺しの噂が流れたあと、岩鼻の陣屋のお役人が、中室田村へ事情を調べに向かったところ、千次と貫助、乙吉の三人が、久三郎殺しのあった夜、村から姿を消していたらしいのでございます」

「姿を消した？　どこへ行ったのだ」

「どこへかはわかりません。ただ、三人の若い者が村から姿を消したのは、噂ではなく本途のことだと、聞いております」

「なんと……」

鉄之助は、あとの言葉が出なかった。

鵯の囀りが聞こえる剣術道場にいた、千次と若者仲間らの顔が思い浮かんだ。みな物怖じすることなく、紅潮した顔つきに見えた。烏川の川原で、面に籠手、腹巻の防具を着けた若者仲間が喚声を上げ、久三郎の子分らに襲い掛かった光景が思い浮かんだ。

それから、菅笠を被り半合羽を着け、手甲脚絆に草鞋掛、木刀一本を腰に帯びた三人の旅姿が、上州の野を足早に去って行く姿が思い浮かんだ。

鉄之助は、親兄弟を捨て、生まれ育った村を捨て、当てのない旅に出た三人の若い者の行末を憐れに思った。それでいてなぜか、若い三人の無鉄砲な前途を、まぶしく、のみならず、少し羨ましく思った。

「そうだったのか」

と、鉄之助は自分に呟きかけた。

第五話 足柄峠（あしがらとうげ）

一

十月、冬の声が聞こえたころ、関東取締出役蕪木鉄之助率いる一手六名は、拝島の渡船場で多摩川を越え、甲州道中八王子宿をすぎた。そして、武州より関東八州の最後の相州へと巡廻を続け、厚木から伊勢原を目指したのは、十月の下旬である。

相州に入って冬のよい天気に恵まれ、袴を黒脚絆できりりと絞り、黒足袋草鞋掛に、一文字笠を被って旅の荷物を背負ったが、上衣を綿入れに替える必要はなかった。

相州は、出役の巡廻を拒む十一万石余の小田原藩がある。また、温暖な土地柄ゆえに豊かな農村が多く、人心も穏やかだった。

一手は、大抵街道筋の宿場にある寄場を巡廻し、寄場役人より受ける報告を確かめるだけで、役目は大旨済んだ。相州の巡廻で、治安維持や風俗改めの取り締まりに出向いた覚えも、この前はいつどこの村でだったかと、薄れるほど何年も前のことだった。

相州の巡廻に、そう手間はかからない。このたびの出役も、相州までできてどうにか無事に果たせそうだ、まずまずだったと、鉄之助は思っていた。

次の出役は……

と思ったとき、鉄之助は寄る年波がつい気にかかった。

今年五十七歳。次の出役は五十九か六十になるだろう。まだやれる。やらねば。誰にも引けは取らぬ。傍から言われる筋合いではないと思っているのに、自分で気にしてどうする。老いたおのれの歳を憂えると、このごろはつい、倅の橋右衛門のこれからの身のうえが気にかかった。よせ。今は歳のことも倅の身のうえも考えるな。おのれの役目を果たす。それのみを考えよ。

鉄之助は自分に言い聞かせた。

伊勢原は、丹沢山嶺の南東麓に開かれた、大山道の宿場である。丹沢山嶺東端に聳える大山は、江戸から大山詣での遊山客が多い霊山で、伊勢原も繁華な宿場だった。

伊勢原宿からは、大山道の寄場を巡廻して江戸へ戻る行程だった。大よそ、あとひと月ほどである。

その伊勢原の寄場に、江戸の評定所留役より鉄之助宛てに書状が届いていた。書状が伊勢原の寄場に届いたのは、一手が寄場に到着した前日だった。

書状を寄こした留役は、鉄之助が出役の折りに届けを出し、出役を終えて江戸へ戻って評定所へ顔を出し挨拶をする、役目上だけの間柄であった。

関東取締出役を仰せつかって二十五年、幾度となく八州の廻村を務めたが、この三つ年下の留役は、決まりきった素っ気ない対応しか、鉄之助に見せたことがなかった。役目以外の用で、言葉を交した覚えもない。鉄之助は、いつも眉間に不機嫌そうな皺をよせた留役の、浅黒い細面を思い浮かべた。

ところが、江戸の評定所の留役より届いていたその書状には、意外なことに、啼きの道助おたみ一味にかかり合いのある内々の要請が認められていた。

その三月前、深川元町の裏店に、ひとり暮らしを細々と送っていた道助の老母が、急な病を得て亡くなった。家主と裏店の住人が、身寄りのない老母の気の毒な境遇を憐み、ささやかな葬儀を済ませ、近所の真光寺の、亭主の墓に葬った。

ただ、そのあと、老母の遺品の始末をしたところ、押入から、数十両の金貨や数貫の銀貨、銭を入れた壺が出てきて、名主と住人を驚かせた。もしかしてこの金は、もう二十年近く前、深川三間町の名主源九郎を殺害し、源九郎の妾のおたみと欠け落ちして、人相書も触れ出された倅の啼きの道助が、窃に仕送りしていた金ではあるまいか、と疑った。

名主が町内見廻りの町方に相談し、事情が明らかになるまで、金は町奉行所が管理することになり、もしかして、母親の病や急死を知って、啼きの道助が江戸に舞い戻っている事態も考えられ、町方の御用聞と下っ引らが、深川を中心に目を光らせていた。

そうして、三月近くがたった今月十月の半ば、真光寺の墓所で道助とおたみらしき二人連れを見かけた、というお店者の話が聞けた。お店者は昔、若い講釈師だった道助の高座を見たことがある者で、若いころのあの道助とは、似ても似付かないほど老けていたし、菅笠を被った百姓風体の旅拵だったが、もしかして、あの男は講釈師の道助ではと思ったと、御用聞に通報した。

不確かな話ではあっても、一応は探っておくべきだろうと、御用聞は馬喰町の百姓宿や旅人宿に訊き込みをして廻ったところ、一軒の百姓宿で、四十代半ばと思われる夫婦者と、夫婦の親類という若い兄弟の四人が、その七日ほど前に宿を取り、一昨日、急いで発ったことがわかった。

無論四人は、深川元町の乾物商吉兵衛と竹夫婦、並びに使用人の金吉と三太ではなく、駿州須走の百姓で、権蔵四十八歳、染四十六歳の夫婦に、親類の寛太三十五歳、恵吉三十三歳の兄弟で、昔江戸に働きに出て亡くなった遠い縁者の墓参を兼ねて、江戸見物にきて、半月ほど江戸に滞在する見込みだった。それが、亭主の足の持病が急に悪くなり、急遽引きあげることになった、駿府町奉行の裏書がある往来切手を確かめ、間違いのない四人連れだったと、宿の主人は訊き込みに証言した。

御用聞はどうやら人違いか、と思ったものの、啼きの道助には足の持病がある話を聞いていたので、それが気にかかり、町方に四人連れを報告し、町奉行所より評定所へも伝えられたのだった。

評定所の留役は、支配役の公事方勘定奉行様に報告を上げると、無駄かも知れぬが、念のため、四人の身元改めをしておくように、との指図を受けた。留役は、出役の蕪木鉄之助の一手が、今時分は相州を巡廻しており、

「蕪木鉄之助に申しつけます」

　と伝え、

「それでよい」

　ということになった。

　江戸の評定所より伊勢原の寄場に、前日に届いていた留役の書状は、駿州の須走へは江戸から相州へ、足柄峠（あしがらとうげ）を越えて駿河（するが）へ取ると思われる。ゆえに、矢倉沢（やぐらさわ）の関所へ向かい、四人連れが通ったかどうか確かめ、すでに関所を通って駿州へ抜けていたなら、身元改めは評定所より駿府町奉行所に依頼する。通っていなければ、相州の各寄場に知らせ、四人の行方をつかみ、身元改めが済むまで留めおくようにとの、いささか厄介（やっかい）な役目が廻ってきたのだった。

　半年前、野州の元湯（もとゆ）で、啼きの道助とおたみ一味を取り逃がした苦い記憶が、鉄之助の脳裡（のうり）に甦（よみがえ）った。啼きの道助おたみ一味を取り逃がしたのは残念だった。だが、打つべき手を打ってああなった。あれはやむを得なかった。と思う一方、失態は失態だと自分を責めた。腹具合の悪さが、ぐずぐずと続くような負い目を、鉄之助は思い出した。

　啼きの道助おたみ一味を、今度こそ召し捕る。

四人が一味かどうかもわからぬまま、鉄之助の気が逸（はや）った。

二

足柄道は、富士参詣道とも江戸では言われている。北に丹沢山嶺の矢倉岳、南に明神ケ岳の山間を流れる狩川流域の稲作地や、矢倉沢の関所をすぎ、九十九折の山道を足柄山地へと分け入って足柄峠を越え駿州へといたる、東海道の脇往還である。

長吉ら一手六名が、出役の鉄之助が前もって見込んでいた行程を変え、伊勢原を早々に発ち、丹沢山嶺の山裾の松田村を抜け、酒匂川を渡り、関本村に着いたのは、翌日の夕暮れだった。

昨日まで続いた初冬の穏やかな日和が、翌日は一転して、天空には厚い雲が流れて日射しが見え隠れし、冷たい丹沢の山颪が横殴りに吹きつけ、一手の行手を阻んだ。山肌を蔽う黄茶色の黄葉や、常磐木の斑模様になった樹林は、山颪に吹かれて獣染みたうなり声のような騒めきをとどろかせ、道の枯葉は物の怪のように舞っていた。

関本から目指す矢倉沢村までは、およそ一里（約四キロ）の道程である。だが山の日没は早く、宵闇の帳はもう山間に降りかけていた。それに、伊勢原を発ってからおよそ八里（約三二キロ）の道程を、寒風に吹き曝されながら歩き通し、みな疲れていた。一手の中では若い長吉もそうだが、葛籠を連尺で背負った年配の六兵衛が、もっとも疲労困憊していた。

その夜は、関本に宿を決めた。

関本は東海道脇往還の要の宿場だが、明神ヶ岳山腹の最乗寺の門前町でもあった。旅籠は参詣客で案外に混んでおり、出役一手の巡廻に宿場役人が手配した旅籠は、街道筋から離れた最乗寺へ上る麓の山道に、茅葺の二階家を構えていて、石ころだらけの川原を流れる狩川の音が、かすかに聞こえた。

「八州様、またご家来衆の方々には、こちらのほうが静かでございますので、ごゆるりとお泊りいただけます」

案内の宿場役人が言った。

昼間の冷たい風は、暗くなって大分やわらいでいたが、それでも山腹の木々は、ざわざわと夜の闇を驚かした。狩川対岸の街道筋のほうから、旅籠の女が客を引く艶めいた声が、却って寂しく聞こえてきた。

六兵衛は、余ほど疲れたと見え、晩の膳を済ますと、お先に休ませていただきますと、鉄之助に断り、早々と布団に入った。長吉は次治に、街道筋の茶屋へ誘われたが、

「わたしは、そういう場所では固くなり、寛げません。多田さん、どうぞおひとりで」

と、丁重に断った。

「そうかい。じゃ、ひとりでちょいと覗いてくるか。あとでどんな首尾だったか、竹本さんに聞かせてやるぜ」

次治は笑って、大刀一本を落とし差しにして出かけて行った。

出役の鉄之助はひとりでひと部屋を使い、次治と長吉と六兵衛の三人は、ひと部屋に布団を並べて休んだ。矢倉沢の関所までの道案内役の二人は、別の部屋にもう休んでいる。宿は寂として、とき折り、階下の人の声が風にまぎれて聞こえた。

疲れてはいても、長吉はなぜか目が冴えて眠れそうになかった。部屋の隅の布団に包まった六兵衛が、早や寝息をたて始めていた。ふと、武州の寄居の宿以来、刀の手入れをしていなかったことを思い出し、長吉は行灯の明かりの下で、黒蠟色塗鞘の二刀を手に取った。鞘を滑る小乱の刃文が、行灯の明かりに冷たく映えた。一日銀一匁の給金で出役の足軽に雇われ、およそ一年近いときをかけ、関東八州農村の巡廻を続けてきた。けれど、朱房の十手を使っても、出役の御用で刀を使ったことはない。

この打刀は、郷里宇潟の無名の刀工が拵えた。地方の見習で出仕した十五歳のとき、父親より与えられた、二尺三寸五分（約七〇・五センチ）の打刀と一尺六寸（約四八センチ）の脇差である。

刀を抜いて斬り合ったことがないのは、国の宇潟でも同じだった。城下の道場に通い、剣術の稽古は積んだ。地方の出仕が始まってからは、藩の道場で木刀や竹刀の稽古を続けてきた。それだけだった。ただ、手入れを怠ったことはなかった。

綿布で刀身を拭い、丁子油を塗り、油を拭う。打粉をぽんぽんと打ち、打粉を拭う。そうして、行灯の明かりを刀身に反射させ、打粉の拭い残しがないことを調べ、最後に刀の姿全体を見て、柄の握りを確かめた。すると気持ちが定まる。そんな感じが腹の底に残った。

だから、手入れだけは続けていた。

窓に閉てた板戸を、風が震わせた。

「竹本、まだ起きているのか」

襖越しに鉄之助の声が、静かにかかった。

「はい」

「開けるぞ」

「どうぞ」

襖が一尺（約三〇センチ）ほど引かれ、鉄之助が薄暗い廊下に立っていた。手に徳利を下げていた。長吉が刀を鞘に納めたのを見て、笑みを寄こした。

「手入れをしていたのか」

「なぜか目が冴えて、眠れそうにありませんでした。刀の手入れをすると気が静まって、寝る前によいのです」

長吉は笑みを返し、刀を右脇に置いた。

「そうか。気が静まるか。わたしは侍のくせに、刀を抜くと胸がどきどきする。本音を言うとな、意気地なしなのだ」

そう言って、鉄之助は笑みのまま、長吉を見つめ束の間沈黙した。それから、不意に言った。

「竹本、人を斬ったことがあるのか」

むろん、ない。

「この秋、上州の烏川の川原にて、若者仲間の千次らと睨み合った折り、夢中で刀を抜いておりました。自分でも驚きました。足軽にお雇いいただく前、手入れのとき以外に刀を抜いたことがないと申しました。あれは本当です。国でも、江戸でも……」

長吉は、やおら言った。

鉄之助は、なおも考える間を置いた。風の音が聞こえている。やがて、

「濁り酒が手に入った。一杯やらぬか」

と、徳利を少し持ちあげた。この一年の旅暮らしで、鉄之助がそんなことを言うのは初めてだった。

「馳走になります」

長吉は言った。

狭い廊下を隔てた布団が並ぶ六畳間を、炭火の熾った小さな火桶がほどよく温めていた。長吉は、丹前を着けた鉄之助と対座した。宿の白髪頭の亭主が、干魚を裂いた皿と、大根の甘酢漬の漬物の鉢、箸や小皿、杯を折敷に並べて運んできた。

「ごゆっくり」

亭主が退って行くと、鉄之助は徳利を長吉に差した。

「一杯注ごう。あとは自分でやってくれ。わたしも自分でやる。じつは酒も強くない」

鉄之助は手酌で濁り酒を杯に満たし、黙って呑み乾した。そして、二杯目も黙って乾した。長吉も二杯目に、ゆっくりとかかった。山の木々の騒めきが聞こえる。

「明日、矢倉沢の関所で四人連れが通ったかどうか確かめ、すでに関所を抜けていたら、いたし方ない。このまま巡廻を続ける。ただし、伊勢原へは戻らない。小田原を抜けて、箱根の関所へ行ってみるつもりだ。四人連れが箱根を越える場合も考えられるが、だからではない。小田原城下も箱根の関所も、わたしは見たことがないのだ。八州の農村は何度も巡廻してきたのに、わたしは今も生まれ育った江戸しか知らん。広い世間を知らぬまま老いぼれた。そんな気がする」

長吉は、甘酸っぱい濁り酒を口に含み、さりげなく言った。

「国を失った者よりは、はるかにましではありませんか」

「そうかもな」

鉄之助は、木々の騒めきに耳を澄ました。それから、

「次の出役で……」

と、躊躇いつつ問い掛けた。

「また、足軽を務める気はあるのか」

長吉は思うままに言った。

「国では地方の下役でした。八州農村の巡廻の仕事は、初めて地方の見習出仕をした十五歳のときを思い出しました。この仕事はわたしの性に合っています。ですが、足軽務めが始まる前や、終ったあとは、食うために働かねばなりません。江戸へ出てから、今日明日を生きることに精一杯で、先のことを考える余裕はありませんでした」

「日給銀一匁の雇足軽では、国元の妻の里に身を寄せている妻子を、呼び寄せることもできんしな」

長吉はにっこりと頬笑んだ。

「宇潟藩の農民が、藩札の暴落が元で、札元の城下の店を打ち毀したとき、竹本の支配役だった郡奉行は、その取り締まり過怠の咎めを受けて切腹を命じられた。竹本ら地方の役人も、郡奉行の過怠の巻き添えを食った。そうだったな」

「はい」

「少し気になるのだが、いかに農民の打ち毀しが起こって、郡奉行の取り締まりの過怠が咎められても、地方の下役にまで科を課すのは、いささか厳しすぎるように思うのだが。竹本を指図した頭がいただろう。頭が科を受けるのはわかる。下役まで咎めを受けたのは、ほかにもわけがあるのか」

「事情を申しますと、郡奉行の配下に役方と公事方の両名の頭がおり、その下に組頭、組頭の下にわれら下役がおりました。わたしは役方の三番組の配下でした。農民の打ち毀しが起こったあの日、領内のほぼすべての郡から農民らが城下に押し寄せ、暴落する前の相場で藩札を換金するよう札元に要求したのです。当然、受け入れられるはずもなく、打ち毀しが始まり、多数の農民らが札元の店を囲み、怒った農民らが打ち毀す勢いを抑えることは、郡奉行配下のわれらも町奉行所も、できなかったのです。お城から番方と鉄砲衆が差し向けられ、実際に鉄砲も放たれ、農民に多数の死傷者を出して鎮圧されました。そのあと、打ち毀しの首謀者の農民らは捕えられ、処刑された者もおります」

「ほう。それほどの騒ぎだったから、農民らを抑えられなかった郡奉行と、地方の役人にもお咎めが下されたのか」

「郡奉行に、切腹が申し付けられました。それから、役方と公事方の頭にも、捕えられた首謀者を出した郡を見廻っていた、組頭と下役の地方にも、俸禄を減らされたり叱りなどの咎めが下されました」

「ならば、藩札を濫発して暴落を招いた責任を問われ、藩の重役らの中にも詰腹を切らされた者が出たろうな」

「それはありません。郡奉行の切腹以下、地方の役人に過怠の咎めを下したのは、藩札を濫発した藩を動かすご重役方ですので」

「そうか。わかる。そういうものだ。しかし、地方の下役にすぎん竹本が、叱りでは済まずに禄を失い、浪々の身になったわけは……」

「郡奉行は竹本英左衛門（えいざえもん）と申します。わたしの父です。父の切腹により、竹本一門の改易は免（まぬか）れましたが、本家の竹本の者は禄を失いこのようになったのです」

「ああ？」

と、鉄之助が長吉を見つめ、杯を持った手が止まった。

「なるほど、そうか。竹本はそういう、その……」

鉄之助は言いかけ、首をかしげた。それから、喉（のど）を鳴らして濁り酒を呑み込み、気を取り直して言った。

「郡奉行の倅が、地方の下役務めをさせられていたのか」

「上役の務めは、下役の支えがあれば誰でも務まる。下役をしっかりと務め、上役の務めがどうあるべきか学んでおけと、父はそういう考えの役人でした。わたしには賛成しかねるところもありましたが」

「妻の里は村名主だな。武家ではなくてよかったのか。それも、名主の家から妻を迎えたのは、父親の考えに従ったのか」

「いいえ。妻は田んぼの縄打ちで廻った村の名主の娘です。妻に迎えたいと父に申しますと、父は名主を知っており、あの娘ならよいと言われました。それで娶（めと）りました」

「名主の娘に惚(ほ)れたのか」

「十五歳のときから農村廻りばかりでしたので、武家の女性を見初(みそ)める機会がなかったのです」

　長吉が言うと、あは、と鉄之助が声を出して笑った。長吉は続けた。

「藩札の発行は、十年の期限を目安に、財政をたて直すまでのはずでした。藩札の発行は幕府の許可制で、期限発行のみが認められています。にもかかわらず、宇潟藩の実情は、寛政(かんせい)の初めに発行が始まり、もう十年、もう十年、と藩札の額に見合う裏付けのないまま、ずるずると発行が続き、藩の財政は領国の身の丈以上にふくらんでいます。札元の打ち毀しが起こる前から、藩札の発行を抑え、身の丈に合った藩政に戻すべきだという方々もおられ、父の英左衛門もわたしもそうでした。しかしながら、そんなことをしたら国が亡びる。それは政(まつりごと)がわかっておらぬ者の戯言(ざれごと)だと、そういう意見が大勢を占めておりました。父に切腹が命じられ、わたしも禄を失って藩から追われたとき、妻の父親の名主がわたしの身を気遣い、妻子は預かるゆえ、江戸へ出てはどうかと言ってくれたのです。藩の厳しい監視の目が、咎めが下されたあとも向けられていたからです。このまま藩に留(とど)まっていては、わが身に危険の及ぶ恐れがありました。領内の情勢が変われば知らせる、と言ってくれた友もおりましたので」

「では、いずれ宇潟に戻るつもりなのか」

「できればそうしたいと、思っています。江戸に出てから、早や三年余がすぎました。思うようには行きませんが」

「宇潟に戻って、何をするのだ」

「八州様の一手に加えていただき、およそ一年、関東農村を巡廻し、多くの百姓衆の土地を耕して暮らす様子を見てきました。宇潟でも関東でも、百姓の暮らしは同じです。江戸にきて、しばらく農村から離れていましたから、よい暮らし振りだなと、改めて宇潟を思い出しました。宇潟に戻り、百姓になることを考えています。百姓仕事が簡単でないのは、十五歳のときから、地方の見習を務めてわかっています。けれど、武士は捨ててもいい。このごろそう思っているのです」

「なるほど。武士を捨ててもか。雇足軽では竹本の器が合わんと思っていた。竹本は、案外、百姓に合っているのかもな。竹本なら、よき百姓になるだろう」

鉄之助は、大根の甘酢漬を音をたててかじった。

三

鉄之助は、濁り酒を手ずから注ぎ、杯を上げた。夜風が窓の板戸を震わせ、火桶の炭火は、部屋のやわらかな温(ぬく)もりを、まだ保っている。

「八州様……」

長吉が声をかけた。

ふむ、と呑み止しの杯を持ったまま、鉄之助が鼻息を鳴らした。

「わたしもお訊ねして、よろしいですか」

「いいとも。今夜は呑みたい気分なのだ。竹本とこうして話をするのは、初めてだな。何を訊いてもかまわん。ただし、話せることと話せぬことはあるが。さあ、竹本、まだ酒はある。呑め」

鉄之助は、徳利を取ってまた長吉の杯に注いだ。

「何が訊きたい」

「多田さんは、もう何度か足軽に雇われて、巡廻に慣れています。文政十一年（一八二八）の出役では、足軽は多田さんともうひとり、八州様のご子息の橋右衛門さんだったと、多田さんにうかがいました。このたびは、橋右衛門さんではなく、わたしをお雇いいただいたのには、事情があったのですか」

「そんなことか。前に雇われていた足軽が、倅だろうとほかの誰かだろうと、どうでもよいではないか。このたびは多田次治と竹本長吉を足軽に雇った。それだけだ」

「そうなのですが、多田さんに橋右衛門さんではないわけを訊ねますと、それは八州様に直に訊いてくれと言われ、それで却って気にかかりました」

「多田め、妙に持って廻った言い方をして、どうでもよいことを、面白がる癖がある。どうも多田は軽い。うすっぺらい。あれで根はいい男なのだがな。六兵衛には、訊かなかったのか」

「多田さんが仰らないのですから、六兵衛さんは何も仰るはずがありません」

「それもそうだ。隠しても仕方がないし、隠しているのでもない。倅のことを考えると気が滅入るので、口にしないだけだ。みなわたしを気遣って、言わないようにしているが、どうでもよい気遣いだ。できの悪い倅を持つと、親は苦労する。もっとも、凡庸な親から生まれた倅のほうにも、言い分はあるだろうな。産んでくれと頼んだわけではないとか、どうせなら、もっとましな親から生まれたかったとか」

鉄之助はうす笑いを浮かべた。

「蕪木家はこれでも公儀直参、御家人の家柄だ。家禄は五十俵。代々の相続小普請だったのが、関東代官早川八郎右衛門様の属僚、すなわち手付に取りたてられた。わたしは二十五歳だった。跡取りの橋右衛門が生まれたのは二十九歳のときだ。跡取りもできて蕪木家もひとまずは安泰と、あのころは呑気に思っていた」

鉄之助はそう言って、杯を舐めた。

「橋右衛門は、年が明ければ三十歳になる。倅の身持ちが悪いのは、育てた親の所為だと、思わざるを得ない。橋右衛門の素行や振る舞いで、いろいろ厄介なごたごたやもめ事を抱え込んだ。その話は退屈なだけだから端折るが、このままでは、代官所手付の番代わりもできぬ、所帯を持つことも無理だろう、なんとかせねばと思った。一昨年、橋右衛門を出役の一手の足軽に就かせ、関東八州の農村の巡廻に連れて行くことにした。いくらできの悪い倅でも、いつまでも若蔵ではいられない。もう二十七歳の男だ。つらく長い八州農村の巡廻を身をもって知れば、身持ちの悪さもきっと改まるだろうと、親馬鹿の浅知恵を働かせたのが間違いだった」

鉄之助は忌々しそうに、行灯の明かりが殆ど届かぬ部屋の暗がりへ顔を背けた。

「巡廻の初めのうちは、珍しさが先にたって、殊勝に旅を続けておった。六兵衛が気を働かせてくれて、なんとか持った。ところが、寄場から寄場へ、村から村へと、単調な巡廻に慣れてくると、つまらない、疲れた、暑い、寒い、具合が悪い、熱が出た、などとぶつぶつと不平不満を漏らし始め、わたしがたしなめたら不貞腐れてな。だからきたくなかったんだと、六兵衛や多田にも聞き顔に言って、だんだん手に負えなくなっていた。と言って出役の途中で、おまえの採用を取りやめる、ひとりで江戸へ帰れ、というのも、のちに勘定所よりどんな処罰が下されるかわからんのでできなかった。今にして思えば、そうやっておけばよかったのかもな」

「何かもめ事に、巻き込まれたのですか」

「野州小山宿の、土地の貸元の賭場でもめ事を起こし、刃傷沙汰になった。倅の疵は浅かったが、無宿渡世の博徒が一名、命を落とした。出役の雇足軽が、御禁制の賭場で戯れ、博徒と刃傷沙汰の喧嘩に及んだ挙句、無宿人とは言え人の命を殺めた。貸元は顔を潰されたとかんかんだし、これが明るみになって勘定奉行様に伝わったら、不届き者と倅は切腹を申しつけられるかも知れん。出役のわたし自身、処罰が下されるのは間違いなかった。小山近在の二十箇村を束ねる、惣代名主に中立を頼み、金で話をつけた。命を落とした無宿の博徒は、村で悪事を働きわたしが討捨御免にしたことにしてもみ消した。金は名主から借りて、江戸へ戻ってから親類縁者や知り合いに頼み込んでかき集め、名主にはどうにか返したが、親類や知り合いの借金はまだ大分残っている。そういうわけだ」

「そうでしたか。わたしのような者に、話してもよかったのですか」

「言うただろう。みな知っているのだ。もう終ったことだしな。ただし、橋右衛門は足軽にはつれて行けん。代官所の番代わりも無理だ。わたしが代官所手付を退いたら、蕪木家は小普請に逆戻りになるだろう。まだまだ出役はやめられん。まったく、いやな借金ができたうえに、人の命を軽々しく扱って、罰があたりそうだ」

階下の戸が引かれ、吹き込んでくる風の気配がした。宿の主人と次治が、のどかな遣り取りを交した。板階段をとんとんと踏み、廊下を摺る足音が聞こえた。襖を引いて部屋をのぞき、火桶の側で徳利や肴の皿を間にして向き合う鉄之助と長吉に気づき、あ、と声を漏らした。

「八州様、多田でございます。まだお休みでは、ございませんでしたか」

と、意外そうな目つきを寄こして言った。

「多田、おぬしもこい。竹本と呑んでいた。まだ少し残っている。おぬしも呑め」

次治が部屋の隅の布団にくるまっている六兵衛を起こさぬよう足音を忍ばせ、二人の側へ着座した。

「ただ今戻りました」

鉄之助に頭(こうべ)を垂れ、それを長吉のほうへ上げて破顔した。

「珍しいね、竹本さん」

「八州様の馳走になっていました」

長吉は笑みを返した。

「多田はこれでやれ」

鉄之助が、火桶の傍(そば)の盆に重ねている湯呑(ゆのみ)を畳に置いて、徳利を傾けた。湯呑に半分ほどの濁り酒を満たした。そして、残りのわずかを長吉の杯に注ぎ、最後の数滴を自分の杯に垂らした。

「畏れ入ります」

次治はにじり、湯呑を持ち上げた。

「茶屋へ行ってきたのか」

鉄之助が言った。次治は湯呑をひと舐めして、はい、と首を落とした。

「首尾はいかがでしたか」

長吉が聞いた。

「田舎の茶汲女（ちゃくみおんな）と見くびっていたら、こっちが貧乏侍とすぐに見透かされて、しょっぱかったね。ただ器量はよかった。相州の女は江戸より器量よしだね」

それから、鉄之助へまた向いた。

「わたしについた茶汲女に、いきなり八州様のご家来衆ですかと聞かれました。こっちが戸（と）惑（まど）っていますと、もうみんな知っていますよ、八州様がここまでくるのは珍しいんです、大抵は寄場のある松田村か、大井村（おおいむら）ぐらいまでなら八州様の巡廻は聞くんですけどねと、言っておりました」

次治は湯呑を手にしたまま、裂いた干魚を摘（つ）まみ、かじりながら続けた。

「それと、捕物（とりもの）があるんですってね、むずかしい相手なの、斬り合いになるのって聞かれ、吃驚（びっくり）しました」

「斬り合い？　多田はどう答えた」

「そんなものはない。いつも通りの巡廻だと、言っておきました」

「ふむ。それでいい」

鉄之助は少し酔ったのか、ほんのり赤らんだ顔を、珍しく楽しげにゆるめていた。

四

翌日は朝から雨になった。

風は止んでいたが、降りしきる雨は、霙が混じりそうな冷たさだった。雨垂れが、旅籠の軒下に泥の水飛沫を、音をたてて散らしていた。

そんな日でも、鉄之助はいつもの朝と変わらず、月代を綺麗に剃った。納戸色の綿入の上に焦茶の背裂羽織、朽木縞の野袴、黒の手甲脚絆、黒足袋草鞋掛、両刀の脇に浅黄の紐と房の銀磨きの十手を帯びた、江戸を出立したときと同じ拵だった。小柄な六兵衛は、紺木綿の綿入を尻端折りに、黒の手甲と黒股引、黒足袋草鞋掛。大きな葛籠を連尺で背負って、角帯へ鍛鉄を磨いた赤房の十手を差し、これも、初春の夜明け前に、江戸を出立したときと同じ支度である。

続く次治と長吉の両名も、江戸出立時の、凍てつく寒気に備えた扮装だった。

次治は、煤竹色の上衣、太縞の袴の股だちを取った下に黒の脚絆、黒足袋草鞋掛、二本差しに朱房の十手と、背中に旅の荷物を括った。長吉も、同じくかすかに鼠がかった地味な青鈍の木綿と黒の手甲、鉄色の小倉袴の膝頭の上まで股だちを取って、黒い脚絆をきりりと絞り、黒足袋草鞋掛。両刀に朱房の十手を帯び、旅の荷物を背負った。

その四人に、黒尽くめの上衣と裁っ着け袴の、伊勢原からの道案内の二人を加えた一手六名は、

「どうぞこれを」

と、旅籠の主人が用意した蓑を着け、それぞれ一文字笠を被り、山肌の木々を鳴らす降りしきる雨の中、最乗寺参道の旅籠を発った。

雨で水嵩が増し、灰色に濁った狩川の板橋を渡って、関本から矢倉沢の関所へ向かう足柄道を取った。

足柄道を行く一手六人の吐く息が、白く曇った。この雨の所為か、六名のほかに、旅人の姿はなかった。

薄墨色に垂れ込める雨雲は、北は丹沢山嶺、南の明神ヶ岳から西の足柄山地の山肌を蔽い隠していた。山麓の田畑の広がる間を通る足柄道も、雨に曇る行手の数間先しか見えなかった。周囲の景色は何もかもが消え果て、ただ足柄道の南を流れる狩川が、急流となって不気味にうなり、山肌の木々を騒がす雨の音だけが続いていた。

ぬかるんだ道に足を取られて難渋しつつ、矢倉沢の関所まで半時（約一時間）を要した。

矢倉沢の関所は、御定番の侍に助役の侍の二人、番士が三人、足軽二人に中間ひとりの少人数で務める、茅葺屋根の鄙びた番所だった。関東取締出役の一手が、この関所に巡廻したのは初めてだった。

鉄之助が勘定奉行連印の御証文を見せ、矢倉沢まで巡廻した理由を伝えると、継裃（つぎかみしも）を着けた年配の御定番は、鉄之助らを面番所の裏手の、囲炉裏（いろり）を切った部屋へ通し、

「まずはひと休みなされて……」

と、温かな茶を供してねぎらった。そうして、あっさりと言った。

「四十代半ばの夫婦者と、夫婦よりもだいぶ若い兄弟の四人連れなら、今朝もひと組、通りましたがな」

「えっ、け、今朝ですか」

鉄之助が慌（あわ）てて訊き返した。

「はい。六ツ（午前六時頃）に関所の門を開けてほどなく、この雨の中を、駿州の須走村へ戻ると申しまして、夫婦者と兄弟の四人連れでございました。往来切手も所持しており、怪（あや）しい様子もございませんでしたので……」

白髪頭に小さな髷（まげ）を結んだ御定番は、表番所のほうの番士を呼んだ。裃ではなく、黒羽織を着けた番士が、帳面を手にして囲炉裏部屋に入ってきた。

御定番が、今朝早く関所を通った夫婦者と兄弟の四人連れについて、八州様のお訊ねだと伝え、番士が帳面を繰（く）った。

番士によると、今朝はこの雨で関所を通る旅人は少なく、今のところ、駿府方面への五組しか通っておらず、富士参詣の二人連れと五人連れが三組、旅の商人のひとり旅、それとお

訊ねの、駿州須走村へ戻る四人連れのひと組が、すでに通っていた。

四人連れの素性は、駿州須走の百姓権蔵四十八歳、女房染四十六歳、親類の寛太三十五歳、恵吉三十三歳の兄弟で、江戸で亡くなった遠い縁者の墓参と江戸見物に、と評定所留役の書状にあった通りだった。

「遅かったか」

鉄之助は無念そうに呟いた。

「往来切手もございましたし、江戸行は東海道の見物をかねて箱根を通ったと、申しておりました。四人ともに、百姓らしい口数の少ない純朴な様子でございました。夫婦者の亭主のほうは、上背があって、五十に近い歳ながら、百姓仕事で鍛えたたくましい身体つきでございますが、足に持病を抱えておるとかで、それが急に悪くなり、早々に江戸見物を切り上げ、村に戻ることにしたと申しておりました。女房は亭主の足の具合を気遣い、夫婦仲はよろしいようでした。四人ともに、江戸で手に入れた紙合羽を着けており、紙合羽が雨に打たれて、賑やかな音をたてておりましたな」

鉄之助は腕を組み、顎を擦りながら考え込んでいる様子だった。

「往来切手は、駿府の町奉行様の裏書と印も確かめましたゆえ、須走の百姓に間違いないのではございませんでしょうか」

御定番は鉄之助の返事を待った。

鉄之助はそれには答えなかった。しばし考える間を置いてから、御定番と向き合ったまま、後ろに控えた六兵衛に言った。

「六兵衛、どう思う」

すると六兵衛は、主人の気持ちを察しているかのように、

「四人連れが怪しいとは思いません。ただ、亭主の足の持病が、気にかかります」

と、ぼそりぼそりと返した。

「多田はどうだ」

「そりゃあ、亭主の足の持病は気にかかりますが、御定番の仰った通り、往来切手がちゃんとしているわけですから、啼きの道助おたみ一味とは違うんじゃありませんか」

「竹本の考えも聞かせてくれ」

「わたしも、四人連れが怪しいとは、思いません。しかし、道中手形も往来切手も、人の手で作った物です。見分けがつかぬほどそっくりな物を、作れぬはずがありません。道助とおたみは、深川から欠け落ちしておよそ二十年、御用になることなく強か（したた）に生き抜いてきたのです。往来切手や道中手形を、窃（ひそか）に手に入れる手だてを知っていたとしても、おかしいとは思えないのですが」

長吉が言うと、御定番が首をひねり、番士が口元をゆるめた。長吉はなおも言った。

「江戸へきて、絵双紙（えぞうし）の彫師に聞いたことがあります。一流の彫師なら、仮令（たとえ）、将軍様の印

でも、寸分違わず彫ることができると。印さえあれば、道中手形や往来切手を作ることができるはずです」

面番所の軒庇から、雨が簾になって落ち、賑やかに音が聞こえていた。

そのとき、鉄之助は、雨垂れの音がするほうへ顔を向け、自分自身に言い聞かせるように呟いた。

「もしもだ。四人が啼きの道助おたみ一味だったなら、わたしは一味を二度、捕まえ損ねたことになる」

は？　と御定番が聞き返した。

「無駄になってもかまわん。足柄峠まで行ってみよう」

「足柄峠まで、何をなさりに行かれるのですか。当分、雨はやみそうにありません」

みなが鉄之助を見守った。

「四人連れの百姓に会って、須走の身元を確かめておきたいのです。須走の百姓に間違いなければ、江戸に戻って、そのように報告いたします。最後まで念を入れたい」

「いやいや。それはおやめになったほうがよろしいのでは。関所より足柄峠まで一里半（約六キロ）ございます。足柄道はすぐに山中にかかり、険しい山道にて、ましてや今朝の雨で、特に上り坂は並大抵ではございません。それに、四人は半時も前に関所を通っております。今から追っても、足柄峠までに追いつくことは、かないますまい。また万一、山中で道に迷ったら、無事では済みませんぞ」

「無駄かも知れませんが、このままでは気が済まないのです。亭主の足の具合が悪いなら、雨の山中で四人の歩みは、われらよりずっと難渋するはず。山中で道に迷わぬよう、山中の道案内をどなたかに頼みたい」

御定番と番士が、呆れて顔を見合わせた。


伊勢原からの道案内を帰し、矢倉沢村の矢平という、炭焼きを生業にしている男が、足柄峠までの道案内を務めることになった。蓑と笠を着けた矢平が先に立ち、鉄之助、六兵衛、次治、そして長吉の四人が続いた。矢倉沢の関所を出立し、しばらくは、狩川に沿って西へ足柄山地を目指した。

雨の勢いは少し収まったが、周囲の山々や山裾の田畑の景色は、濃厚な霧のような雲が降りて何も見えない。

ほどなく狩川から遠退き、南側の山裾を縫いながら、足柄山地の坂道を上って行った。雨が山肌の木々へ降りそそぐ騒めきと、おのれの苦しい呼気と、路面の雨水を蹴散らす足音しか聞こえなくなった。

道案内の矢平を先頭に、五人は九十九折の山道を上り、やがて、矢倉沢峠と足柄峠へ分かれる三叉に出た。

「八州様、ここから足柄峠まではは、そう遠くはねえ。峠の近くにも茶屋があるから、このまま休まずに行くかい。それとも、ここで少し休むかい」

矢平が鉄之助に言った。

「少し休もう」

鉄之助が、荒い息を吐いて言った。弱音を吐かないものの、六兵衛が相当疲れていた。枝を大きく広げた赤松の下に入り、雨を避けた。沈黙した五人の、白い吐息が忙しなくゆれた。赤松の樹上を、薄墨色に垂れ込めた雲が、不気味に流れて行く。雨中のどこかで啼く、鳥の声がひとつ、またひとつと聞こえた。

「そうだ、多田。おぬし、講釈師の道助の高座を見たことがあるらしいな」

鉄之助が、さりげなく声をかけた。

「え？　はい。もう二十年以上前、道助の講釈が泣かせると、評判になり始めたころ、神田の寄場（よせば）で見たことがあります」

次治は鉄之助へ見返った。

「泣けたか」

「平家を語っておりましたが、それほどでも。あのころは、女義太夫が目当てでしたんで」

「多田はそっちのほうか」

「二十年以上前の、がきのころですよ」

「道助と多田は、似た年ごろだな」

「ええ、まあ」

「わたしは寄場に入ったことがない。道助の顔を知らん。六兵衛もそうだ。竹本も道助の顔は知らんだろう」

「知りません」

長吉が言った。

「道助の顔を見たことがあるのは、多田だけだ。今、道助を見たら、そうだと見分けがつくか」

「さあ、どうでしょうか。二十年以上前のころですからね。若いころの面影なんて、とっくに消え果てましたんで……」

「多田が頼りだ。頼むぞ」

鉄之助は言ったが、次治は黙って首をひねった。

五

足柄峠は、駿河と相模を分ける国境(くにざかい)の峠である。武家の世になるずっと以前、足柄道は朝廷の官道で、足柄峠には関所が設けられていた。

峠の関所は消えたが、関所跡にいたる半町（約五四・五メートル）ほど相模側の山道端に、茅葺屋根の茶屋が一軒、葉枯れて色褪(いろあ)せた山桑(やまぐわ)や青はだの高木の下に建っていた。落葉が茶屋の茅葺屋根にも、腰高障子(しょうじ)を閉(た)てた戸前の山道にも散って、さざめく雨に打たれていた。茶屋の煙出しから、白い煙がゆるゆると茅葺屋根を這(は)い上って行き、雨垂れは軒下に激しく水飛沫を散らしている。

東海道の脇往還で、富士参詣道としても知られているこの古道には、行き交う旅客が案外にあった。しかし、その日は朝から霙(みぞれ)になりそうな冷たい雨が降り、もしかしたら、このまま雪になるかも知れない寒さだった。

午前に、駿河方面へ峠を越えて行く数組の客がひと休みしたものの、雨の勢いが少し収まったのを機に、早々に腰を上げ、巳(み)の刻（午前九時～一一時）をすぎたそのころには、四半時ほど前、雨の山道を上ってきた、紙合羽を着けた四人連れのひと組が、残っているばかりだった。

四人連れは四十代半ばぐらいの夫婦者に、三十代と思われる男が二人だった。若いほうのひとりが、両天秤(てんびん)の荷物を担(かつ)ぎ、もうひとりは、筵(むしろ)でくるんだ荷物を背負い、夫婦者は荷物を持っていなかった。というのも、亭主は足の具合が悪いらしく、女房の介添(かいぞえ)で、難渋しながらも、矢倉沢からようやく峠まで上ってきた様子だった。

一見、駿河方面へ向かう農民に、四人連れは見えた。

けれど、峠の茶屋を営む老夫婦の女房は、菅笠と紙合羽を取って、細縞や粋な小紋模様の綿入を尻端折りにして、黒の手甲、黒の股引、黒足袋草鞋掛の隙のない扮装と、それに、あまり日焼けもしていない整（ととの）った相貌が、地味で武骨な農民らしくないと思った。女房のほうも、木枯茶（こがらしちゃ）の上着に白の下着を裾短に着け、白の手甲脚絆、白足袋に後ろ掛けの草鞋を履いて、橘（たちばな）の無地の半幅帯をきつく締めた扮装に、うっすらと薄化粧をした容顔（かんばせ）は、町家の商人の女房のほうが、似合っているように感じられた。

お百姓でなければ、どういう四人連れなんだろう、この冬場に富士参詣の客はいないし、と茶屋の女房は少々気にかけたものの、ただそれだけだった。それより、縁台に夫婦が腰かけ、女房が夫の痛めたほうの足を膝に乗せ、両掌（りょうて）で、しきりに膝頭を揉（も）んでいたのを見て、四人の茶を運んだ折り、

「足下が温まるように、火桶を持ってこようかね」

と気を遣った。四人とも足下は雨の中を歩き通し、ひどく濡（ぬ）れていた。

「いいんですよ、おかみさん。中は温かいし、こうしているとすぐによくなります」

女房が揉みながら言った。

茶屋は、煙出しの格子窓が山道側に開いていて、煙出しの下に竈（かまど）があった。焚口（たきぐち）に焚き木が炎を盛んにゆらし、茶屋の土間をほのかに温めていた。竈にかけた茶釜が、うすい湯気をたてていた。

縁台は、縦に一台、横に二台、竈のある一角を囲んで並び、二台並んだ縁台に夫婦者と若いほうの二人が、向かい合って腰かけていた。土間の片側に、茣蓙を敷き、炉を切った三畳ほどの小上がりがあったが、四人はほんのひと休みのつもりらしく、足下が濡れたまま縁台にかけたのだった。

夫は女房に片方の足を揉ませながら、低い声で若い二人に何か言い聞かせ、二人は、へい、へい、と小声を返し、親分の指図を聞く子分のように頷いていた。

「ここまできたら、もう大丈夫だろう。岡っ引に嗅ぎ付けられて、ちょいと肝を冷やしたがな。危ねえのは承知だった。なんにしろ、お袋の墓参りができた。思い残すことはねえ。これで当分、江戸とはおさらばだ。お前らもこれからは他人の名を騙ることはいらねえ。これからは上方だ。ゆっくり大坂見物をして……」

そこまで言った道助は、手下の秋太郎と甚吉が煙出しのほうへ目を向けたので、

「なんだ」

と、そっちへ向いた。

「あんた……」

おたみが、ささやき声になった。

煙出しの格子窓から、菅笠を被った男が茶屋の土間をのぞいていた。男は竈の煙を避けるように首を少し傾けて、四人のほうを見ていたのだった。四人が見返すと、すぐに煙出しを

離れた。

　すると、山道側の引違いの腰高障子に、幾つかの人影がぼうっと浮かんだ。人影は腰高障子の外で、何事かをひそひそと言い交しているのか、もどかしい間があった。

　やがて、腰高障子がそっと引かれ、さっと山道側の寒気が土間に流れ込んだ。菅笠に蓑をまとった男が五人、雨垂れの滴る軒下に立っているのが見えた。三人は両刀を帯びた侍風体で、ひとりは荷物を背負い、もうひとりは百姓風体だった。

「おいでなさい」

　茶屋の亭主が竈の傍から声を投げ、女房が茶碗の用意を始めた。五人は戸をくぐり、菅の一文字笠と蓑から雫をぽたぽたと滴らせ、泥水でひどく濡れた足を進め、道助とおたみ、秋太郎と甚吉のほうへ、近づいてきた。

　五人の背後の、引き開けたままの腰高障子の外に、止みそうにない雨と雨に烟る山の樹林が見えた。その障子戸を、年配のひとりがそうっと閉じた。

「卒爾ながら、お訊ねいたす。そこもとは、駿州須走の百姓権蔵さんでござるか。歳は四十八歳。こちらはおかみさんのお染さんで、四十六歳。それから……」

　と、鉄之助は若いほうの二人へ向いた。

「お二人は親類の寛太さんが三十五歳、恵吉さんが三十三歳の兄弟でよろしいか」

「そうだが、お侍さんは、どなただね」

権蔵が女房の膝に片足を載せた恰好で、訝しげに聞き返した。

「失礼いたした。決して怪しい者ではござらん。われらは関東八州の農村の見廻りを勘定所より仰せつかっておる者です」

両刀と並べて差した、浅黄の紐と房のついた十手を、蓑を開いて見せた。

「ああ、有名な八州様でございましたか。これはご無礼いたしました」

権蔵が女房の膝から足を下ろし、土間に跪きかけるのを、

「あいやそのまま、そのまま」

と、鉄之助は慌てて止めた。

「これはあくまで、念のための調べゆえ、畏まるほどのことはござらん。今朝方、矢倉沢の関所を、権蔵さんら四人連れが通られたと聞き、もう間に合わぬと言われたのですが、無駄であっても、足柄峠まで上ってみようと思ったのでござる。運よく権蔵さんらに会えた。やれやれ。これでもう御用が済んだような気分だ。権蔵さん、よろしいか」

「へい。お役目ならいたし方ございません。寛太、恵吉、八州様に席を開けて差し上げなさい」

寛太と恵吉が縁台を立った。

「わたしも」

女房のお染が、権蔵の隣から立ち上がり、寛太と恵吉に並んだ。

鉄之助は菅笠と蓑を取って、六兵衛に預け、縁台に腰かけた。六兵衛と次治、長吉、矢平の四人は、山道側の腰高障子を背に立ち並んだ。

茶屋の女房が、急に緊迫した気配に包まれ戸惑いつつ、みなに茶を配って廻った。亭主のほうは竈の傍にいて、成り行きを凝っと見守っていた。

鉄之助は、江戸町奉行所も勘定所も追っているお尋者の四人が、江戸に現れたらしい、という差口をもとに、馬喰町の旅人宿や百姓宿の訊き込みに、町方の御用聞が廻っていたところ、権蔵らの四人連れが訊き込みの入る一両日前、急遽江戸を発ったことがわかり、鉄之助の一手があとを追ってきた経緯をかいつまんで語った。

「繰り返しますが、あくまで、念のため権蔵さんに訊ねるだけです。出役のわたしがこの役目を仰せ付けられたのは、たまたま、わが一手が相州の巡廻についていた、それゆえなのでしてな。往来切手にある権蔵さんとお連れの身元を、直に聞き取り確かめれば、それで役目は終ります。上役のお指図には、ご無理ごもっともと従わねばならない、われらはしがない勤め人ですのでな」

鉄之助は明るく笑った。

権蔵は、その四人組のお尋者は誰かと訊き、啼きの道助とおたみ一味を教えると、膝を打って大きく頷いた。

「啼きの道助とおたみ一味の噂は、駿河にも聞こえております。そうでございましたか。何事かとちょっと吃驚いたしました。そういうことなら、八州様、どうぞなんなりとお訊ねください」

権蔵は余裕の笑みを、鉄之助に返した。

それから、二人の遣り取りが、のどかに行われた。鉄之助の問いに、権蔵は郷里の須走の暮らし振りや生い立ち、江戸で亡くなった遠い縁者とのかかり合いなど、よどみなく答えた。

鉄之助は、権蔵の話に一々頷き、やがて御用の聞き取りを終えると、江戸見物の話を始めた。

権蔵は、足の具合が悪くなって、江戸見物を途中で切り上げたことを残念がり、鉄之助は、自分は江戸育ちゆえ、江戸の見どころはと、江戸自慢に花を咲かせた。とき折りは、高らかな笑い声も混じえ、二人は屈託のない遣り取りに終始した。

たちまち四半時ほどがすぎ、その間、茶屋にきた客はいなかった。

「おっと、いかん。つい話に夢中になってしまった。長々とお引き止めいたし、申しわけない。これで御用は済みました。どうぞ、旅をお続けなされ。まだ先は長いですからな。ご亭主、われらの茶代はいくらだ」

「八州様、茶代はお任せください。お染、八州様の分も一緒にな」

はい、とお染がさっさと茶屋の勘定を済ませた。

「さようか。では、馳走になりますぞ」

鉄之助が縁台を先に立った。六兵衛に預けた蓑を着け、一文字笠をゆっくりと被った。次治が腰高障子を引き、峠の寒気が暖かな土間にまた流れ込んだ。

雨はなおも降り続いている。雨垂れが音をたてて水飛沫を散らしている。

「これは当分、止みそうにないな」

菅笠の顎紐(あごひも)を結びながら、鉄之助は六兵衛に言った。

「へい。止みそうにありませんね」

と、六兵衛は権蔵ら四人のほうへ、愛想笑いを投げた。

権蔵らは、紙合羽を纏(まと)い菅笠を被って、若いほうの二人が、ひとりが両天秤の荷物を担ぎ、ひとりが筵にくるんだ荷物を背中に背負った。

長吉は、次治と道案内の矢平とともに、山道に出て雨に打たれた。ばらばらと菅笠が騒がしく鳴っていたが、鉄之助と権蔵の最後ののどかな遣り取りは聞こえていた。鉄之助と六兵衛が茶屋から先に出てきた。権蔵ら四人が続いて出てくるのを見送る恰好で、鉄之助が言った。

「道中お気をつけて、道助さん」

「へい、お気遣い畏れ……」

道助の返答は、そこで途切れた。茶屋の中の四人も外の五人も、みながその遣り取りを聞き、一瞬、顔が強張った。みな凍りついたように動かなかった。茶屋の亭主が、

「道中、お気をつけて」

と、声をかけた。女房が、茶碗の片づけにかかっていた。

六

鉄之助は、わざと道助と呼んだのか、気づかずに言ったのか、それはわからない。次治は煙出しから茶屋の四人連れを見て、あれが道助か別人か、よくわからない、自信がないと言った。

しかし、啼きの道助が、取り返しのつかない過ちを犯したことだけは間違いなかった。子分の秋太郎と甚吉、すなわち、元湯では深川元町の乾物屋吉兵衛お竹夫婦の、使用人の金吉と三太、また駿州須走の百姓権蔵お染夫婦の親類、寛太に恵吉、と変名を使ってきた両名が荷物を落とし、両天秤の葛籠の中から長脇差を素早く取り出し、「親分」、「姐さん」と声を掛けてそれを投げた。そうして、自分たちも長脇差を帯び、小さな荷物を背中に括り付けた。いざというとき、こうすると、前以て手筈を決めているのだろう。

「おたみ、縮尻った。支度しろ」

道助は、肥満しかけた大柄には小さく見える長脇差を、慣れた仕種で腰に帯びた。

「あい」

おたみは、大きく見開いた怒りの眼差しを瞬きもさせず茶屋の外へ向け、長脇差を半幅帯に差した。茶屋の老夫婦は、突然の成り行きに慄き、茶屋の片隅へ後退った。

「六兵衛、多田、竹本、啼きの道助一味を召し捕るぞ。いいな」

鉄之助が、屋根庇の下から山道へ退りながらも、声を励ました。

おお、と三人が一斉に応じた。

「矢平、斬り合いに巻き込まれぬよう離れていろ。茶屋の者、迷惑をかけるがやむを得ずこうなった。怪我のないよう、しばらく退いていてくれ」

それから、高らかに言った。

「啼きの道助、御用である。神妙にしろ」

途端、秋太郎と甚吉が、戸口の腰高障子を茶屋の外へ蹴り飛ばした。そして、道助の片側におたみ、一方の側に秋太郎と甚吉が並び、山道へ踏み出し、雨の飛沫を散らして長脇差を抜き放った。

片や、鉄之助と六兵衛の両側に次治と長吉が並び掛け、道助らに相対して身構えた。長吉は、長身痩軀のいかにも俊敏そうな秋太郎と甚吉を見つめ、鉄之助に言った。

「子分の二人はわたしが」

「竹本、頼んだ。多田、六兵衛、われらは道助とたみにかかる」

「承知」

次治の答えた声が裏返った。

「六兵衛は荷物を捨て、わたしの後ろにつけ」

六兵衛は、「は、はい」と蓑の下に担いでいた荷を落とし、鉄之助の後ろへ退って朱房の十手を抜いた。

収まりかけていた雨がまた勢いを増し、山肌の木々を騒がせ、山道に水飛沫が跳ねた。白い靄が山道の行手を塞ぎ、周囲の山々の景色を消し、上空を蔽っていた。

足柄峠は、その靄に塞がれた先にある。

「秋太郎、甚吉、頭は早く走れない。こいつらをみんな斃すしかないよ。いいね」

おたみが道助に寄り添い、ゆっくり踏み出しつつ言った。

「任せろ。甚吉、行くぞ」

秋太郎と甚吉が、道助とおたみの前に出た。

だが、先手を取ったのは長吉だった。

長吉は刀の柄に手をかけ、水飛沫を散らして抜き放ち、秋太郎と甚吉へ突進し、両者が真っ先に衝突した。

長吉は、秋太郎へ大袈裟を見舞った。秋太郎は長吉の大袈裟を身を転じて躱し、

「そらっ」

と打ち返した長脇差が、ぶん、と長吉の耳元でうなった。それを大きく踏み込んで、秋太郎と身体を入れ替え、ぎりぎりの間で空を斬らせた。そして、甚吉が振り廻した一刀を打ち払い様、一転、身を返して秋太郎の追い打ちを跳ね上げた。

一方、足を引き摺る道助におたみが寄り添い、茶屋の戸前から足柄峠のほうへ、後退りに退って行くのを、鉄之助と次治、六兵衛が、三方からじりじりと迫っていた。道助は、長脇差を腰に溜めて正面の鉄之助を睨み、六兵衛を、脇へ廻らせないようしきりに威嚇した。おたみは次治に向かい、長脇差の切先を、とき折りからかうようにゆらして誘った。

「多田、行くぞ。いいな」

鉄之助は言うと、道助へ踏み込んで行った。次治が喚声を上げ、おたみに迫った。

「おたみ、そっちを食い止めろ。その間に老いぼれを片付ける」

「あい」

おたみは、獣のような奇声を山道に響きわたらせ、次治に斬り掛かった。おたみは長身の次治が繰り出す攻撃を、怖気づくことなく、かんかんと打ち払い打ち返した。

しかし、身体の力では次治に敵わなかった。次治の一撃一撃を懸命に跳ね返しながら、次第に押されて、道端の楢の木の幹に背中を打ち付けた。靄に隠れて見えなかったが、楢の木の背後が崖だった。そこから後には引けない。と思ったとき、次治の袈裟懸を浴びた。おたみは悲鳴を上げ、ずるずると坐り込みそうになるのを堪えた。

道助は痛む足を引き摺り、ゆっくりと鉄之助に迫った。さっきまで茶屋で歓談していた役人に、憎しみが募った。笑った顔の裏で、こっちの隙を窺っていやがった。下手な小芝居に引っかかった。迂闊な自分に腹がたった。

さあかかってきやがれ。こんな老いぼれに、捕まるわけにはいかねえ。

「老いぼれ、どうした。かかってこねえのかい。こっちは足の具合が悪いんだ。今ならおめえの腕でも、おれを斃せるぜ。おれは邪魔するやつはみんな叩っ斬ってきた。そろそろ自分の番かも知れねえ。啼きの道助を斃して手柄をたてな」

道助が喚いた。

鉄之助は逡巡し、足が竦み、あと一歩が踏み出せなかった。はあ、はあ、と雨の中に吐いた息が白かった。かんかんと、次治とおたみの刀を打ち鳴らす音が、雨の音の中に聞こえた。

行くしかない。鉄之助は思った。

鉄之助は雄叫びを発し、上段へ取った。

そこへ、六兵衛が先に道助の片側から十手を浴びせ、道助が易々と十手を払った。鉄之助は、その一瞬に誘われた。上段に構えたまま踏み込み、道助に打ちかかった。

道助はそれをかちんと受け止め、足の痛みを堪え、鋼を軋らせ鉄之助を押し返した。鉄之助がずるっと足を引いて踏ん張った途端、道助は鉄之助の押し返しをいなし、よろけさせた。そこで袈裟懸に仕留めようとしたとき、おたみの悲鳴が甲走ったのだった。

あっと思った躊躇(ためら)いが、束の間(つかのま)、道助の袈裟懸を遅らせた。

鉄之助はよろけた足を踏み締め、体勢を立て直し、こちらも道助に袈裟懸を浴びせた。束の間遅れた道助の袈裟懸と、鉄之助の袈裟懸が相打ちになった。

「わあっ」

道助は身体を強張らせ、両膝を落とした。

一方の鉄之助は刀を下段にしたまま、大きく仰(の)け反った。ぶっ、と蓑の藁屑(わらくず)とともに血煙が雨の中に噴(ふ)き、絶叫が上がった。

「旦那様」

六兵衛が叫び、倒木のように仰(あお)のけに倒れた鉄之助の傍へ走り寄った。抱き起こそうとしたが、溢(あふ)れ出る血に狼狽(うろた)え、手が震えて何もできなかった。

次治はおたみから振り返り、鉄之助が血を噴き仰のけに倒れて行くのを見た。

「くそ」

次治は鉄之助の元へ走りかけた。

途端、今にもくずれ落ちそうになるのを耐えて懸命に踏み出したおたみに、背中を袈裟懸に斬り下げられた。

次治は悲鳴を走らせ、痩身をくるくると捩りながら、雨の中に横転した。

おたみは、よろけながら、山道にうずくまった道助の傍らにきた。

「あんた、あんた、しっかりして……」

道助の肩幅の広い背中を抱え、呼びかけた。

「おたみ、済まねえ。縮尻ったぜ」

道助は苦しそうに、また言った。

「いいのよ。行こうよ。上方へ行くんだろう。起きて。足柄峠は、すぐそこだよ」

「ああ、足柄峠を越えて、上方へ行くぜ」

おたみは、道助が上体を起こし、おたみの肩に腕を廻して立ち上がるのを助けた。紙合羽が切り裂かれ、血を滴らせた二人を、冷たい雨が打った。

六兵衛は鉄之助の傍らに坐り込んで、道助とおたみが、靄に塞がれた山道の向こうへ消えて行くのを、泣きながら見ていた。

そのとき長吉は、甚吉を前に、後ろに秋太郎が控えた二人と対峙していた。甚吉は長脇差を腰に溜めて身を低くし、秋太郎は頭上にかざして身構えていた。前面の甚吉を斃しても、後ろの秋太郎の斬撃を浴びる、二人で一体の必殺の構えだった。

長吉に斬り合いの覚えはなかった。面と籠手を付け竹刀で叩き合うか、木刀で打ち合う稽古しか知らなかった。外連など、この二人に通用するはずもない。ただ道場の稽古のように、稽古に励んだ若き日のように、ほぞを固めて戦うしかなかった。

茶屋の亭主と女房が、戸口から恐る恐る顔を出し、成り行きを見守っていた。雨が山の木々を騒がし、秋太郎と甚吉の、白い吐息が見えていた。その吐息の乱れが、二人のたぎる戦意と動揺を露わにしていた。

そうか、と長吉はそのとき気づいた。

前面の甚吉より、甚吉の背後をとった秋太郎のほうが腕がたつ。秋太郎を先に倒すしか、この戦いに長吉の勝ち目はない。甚吉の最初の一撃を躱した瞬時の隙に、甚吉の背後から斬りかかってくる秋太郎を斃す。

それしかない、と気づいた。

長吉は泥水を蹴散らし、真っすぐ甚吉の懐へ飛び込むほど踏み込んだ。

「そうれ」

かけ声とともに、甚吉の長脇差が雨煙を巻いて長吉に浴びせかけられた。

甚吉のすぐ後ろに、肉薄してくる秋太郎が見えた。

甚吉を斬っても攻めを躱しても、その瞬間、秋太郎の一撃を受けることになる。

咄嗟に、甚吉の懐に入るほど踏み込んだ長吉は、朱房の十手を左逆手に引き抜き、被った菅笠すれすれに甚吉の長脇差を、かちん、と受け止めた。同じ一瞬、甚吉の背後から姿を現し、袈裟懸の上段に取った一瞬の秋太郎の腹へ、片手一刀の突きを入れた。

突き入れた一刀の切先が、秋太郎の背中から突き出た。秋太郎は、あっ、とひと声を発した。身体を折って動きが止まった。

すかさず、長吉は刀を秋太郎の腹に残し、小刀を抜き放ち様に雨中へ身を躍らせ、長脇差を返しかけた甚吉の脾腹(ひばら)から胸先へとを斬り上げた。

甚吉の裂けた紙合羽が、雨中に跳ねた。

長吉が着地すると、秋太郎と甚吉は、互いに寄りかかり縺(もつ)れ、重なり合って倒れた。

茶屋の老夫婦と、少し離れた坂下の矢平が、まるで物(もの)の怪(け)を見るかのように、声もなく長吉を見つめていた。

甚吉は血を山道の雨水に流し、空(うつ)ろな眼差しを泳がせていた。秋太郎は刀に貫(つらぬ)かれたままの身体を震わせ、最後のかすかな喘(あえ)ぎを繰り返していた。

長吉は、秋太郎の腹から刀を即座に引き抜いて、坂上へと走った。坂上に鉄之助と六兵衛と次治の影が見えていた。二つの影が坐り込み、一体が横たわって、降りしきる雨に打たれていた。

「八州様っ」

長吉は、仰のけに倒れた鉄之助に駆け寄り、声を励まして呼びかけた。鉄之助は肩から胸元までの深手を負い、夥(おびただ)しい血が山道に幾筋にもなって流れていた。傍らに坐り込んだ六兵衛が、駆けつけた長吉を見上げ、途切れ途切れに言った。

「竹本さん、旦那様が、旦那様が……」

六兵衛の涙を、雨が洗っていた。

次治へ振り返ると、次治は両足を投げ出し、顔をしかめて坐り込んでいる。

「ああいてえ、いてえよ……」

と、か細い声を繰り返していた。

「六兵衛さん、道助とおたみは」

「足柄峠へ。二人も疵を負っております。遠くへは行けません」

そのとき、鉄之助がかすかにうめいた。

「八州様っ」

長吉は再び呼びかけた。

すると、鉄之助は空ろな目のまま、震える手をわずかに天へ差し上げ、追え、追え、というふうに振った。

「承知」

長吉は鉄之助の目に応えた。

「六兵衛さん、八州様と多田さんを頼むぞ」

そう言い残し、足柄峠へと駆けた。

山道が、靄の先へ大きくゆるやかに右へ弧を描き、さらにその先で左へ大きく弧を描く前方に、寄り添う二つの人影を認めた。そこが足柄峠に間違いなく、山道は下りへと差しかかって、道の両側に樹林の黒い影が、白い靄の中に連なっていた。晴れた日なら、あの黒い樹林の彼方に富士の御山が望めるのに違いなかった。疵を負い、足を引き摺りよろけながら、峠を下っていく二つの影は、冥土への道行に見えた。

長吉は駆けるのをやめ、大股の歩みで二人の影を追った。

雨は降り続き、峠道には濃い靄が白い幻影のように立ち籠めている。おたみが大柄な道助を細い肩で支え、懸命に歩んでいる姿も、幻影のようだった。切り裂かれた紙合羽を、おたみは引き摺っていた。道助は長脇差を杖にして突いていた。

十間足らずの背後まで近づき、長吉は声を投げた。

「道助、おたみ、御用だ」

二人が見返り、菅笠の下のおたみの容顔は、般若のように眉をひそめていた。道助はおたみの肩に廻していた腕を離し、おたみに言った。

「もう大丈夫だ、おたみ。あとは自分で歩けるぜ」

それから、長脇差の杖にすがって、胸を反らしつつ、長吉へ向いた。

「あんた」

おたみはそれでも、道助に寄り添い、よろける身体を懸命に支えた。

「八州様のご家来衆、秋太郎と甚吉を斃したかい」

道助が言った。

「紙ひと重の差だった。こちらは八州様と傍輩が討たれた。だがこうなった。これも侍の習いだ。道助、おたみ、観念するときがきた。八州様の命により召し捕る。神妙にしろ」

「侍の習いだと。なるほど、あの二人を斃すほどの凄腕が、八州様のご家来衆にいたとは、驚いたぜ。だがな、観念しろと言われても、そうはいかねえ。捕えたきゃあ、腕ずくでこい。おたみ、秋太郎と甚吉の仇討ちだ。八州様のご家来衆を血祭りに上げ、おれとおめえの、旅の門出の祝いにするぜ」

おたみは道助を見上げ、うんうん、と悲しげに頷いた。道助は、杖に突いていた長脇差の鞘を払った。しかし、おたみは道助に寄り添い、片ときも離れようとはしなかった。二人の切り裂かれた紙合羽の下から血が滴って、雨水に混じり流れて行く。

「道助、おたみ、ここで死ぬつもりか」

長吉が言った。

「ほざけ、さんぴん。生きるも死ぬるも、おれの勝手だ。誰の世話にもならねえ。誰にも手を出させねえ。さあ、どっからでもかかってこい」

道助は長脇差を片手でかざし、一方の手で、寄り添うおたみの身体を、しっかりと抱き寄せた。そのとき、降りしきる雨が一層激しさを増し、峠道の樹林を、ごうごうと騒がした。

そして、道助とおたみを真っ白な雨煙の中にくるんだ。

「道助、おたみ、いざ」

長吉は雨中に声を励ました。

七

年の瀬の押しつまった十二月十日、文政十三年は天保(てんぽう)元年に改まった。

関東取締出役蕪木鉄之助の本葬儀は、天保元年の十二月になって執り行われた。鉄之助の亡骸は、相州矢倉沢村の寺に、住持が経を挙げて葬られ、遺髪だけが本所の蕪木家に戻されていた。

葬儀には、蕪木家の親類縁者は言うに及ばず、本所界隈の近所の住人、蕪木家が小普請だったころからの知人や友人、また鉄之助が手付に採用された代官所の代官、傍輩の手付手代、関東取締出役、臨時役から本役に新たに任じられた出役など数名、評定所留役と留役助、公事方勘定奉行様は代役であったものの、勘定奉行様支配下の諸役人が、鉄之助の葬儀に参列した。

蕪木鉄之助が、およそ二十年前、江戸深川から逃亡し、その後、関東八州を荒し廻った押込み強盗一味の啼きの道助おたみほかの四人を、相州足柄峠で見事に討取る大手柄をたてながら、自らも落命した事件は、悲運の八州様、と江戸中の読売が書きたてた。また、武家庶民にかかわらず噂になって伝わり、江戸市中に知らぬ者がないほどの、大変な評判になっていた。

十二月の葬儀当日、蕪木家門前の、本所二つ目、相生町五丁目と緑町一丁目の境の往来には、蕪木家菩提寺の法恩寺へ向かう葬列を見送る見物人が大勢集まった。

前月の十一月、蕪木家に蕪木鉄之助の功労金と弔慰金が公事方勘定奉行様より下され、また、蕪木家を継いだ橋右衛門に、代官所手付に採用される内示があり、天保二年（一八三一）からの代官所の出仕が決まっていた。

葬儀には、むろん、雇足軽の多田次治と竹本長吉も列席した。六兵衛は当然のごとく、蕪木家の下男として、忙しく立ち働いていた。葬儀を終えたあと、三人は蕪木家の新しい主人の橋右衛門に別室へ呼ばれ、このたびの一件についての慰労金を渡された。

慰労金は、次治が文政の草文小判一枚に、足柄峠で怪我を負った薬料が二分銀貨、長吉は小判一両、そして六兵衛は、二分金貨一枚であった。

橋右衛門は、足柄峠の事件で落命した父親の鉄之助の、命を賭した働きがあったからこそ啼きの道助おたみ一味を、討ち取ることができた、そちらは、わが父のお陰で無事でいられた、ありがたく思え、と言わんばかりの素振りを隠さなかった。

葬儀からの戻り、次治は不快を露わにして長吉に言った。

「冗談じゃねえ。そうだろう、竹本さん。何も知らねえ馬鹿息子が偉そうに」

確かに結果として、蕪木鉄之助は自分の命の代償に、行く末を案じていた倅の身をたててやったことになる。倅は父親の心配を、何も知らなかった。あるいは、知らない振りをしているのかもしれない。

年が明けた天保二年、文政十年の晩秋、江戸に出てから五年目になる年が明け、長吉は四十歳になった。宇潟に残した妻は三十代の半ば、上の娘は十一歳、倅は八歳になる。倅は父の顔をもう覚えておらぬかもな、と長吉は寂しさに胸が詰まった。

その春はまだ名のみの一月末、郷里宇潟より、長吉がいない間、妻と子供らが庇護(ひご)を受けている、妻の父親の手紙が届いた。村名主である妻の父親は、長吉になるべく早い帰郷を促し、宇潟までの路銀も添えてあった。

急ぎ一筆認(したた)め候(そうろう)。この度、御側役柴山伯文(おそばやくしばやまはくぶん)様に御役御免の御沙汰が下され候……

と、書き出した義父の手紙には、昨年暮れ、柴山伯文とともに、藩の多くの重役方のお役御免が決まり、新たに藩の執政役が任じられた。寛政の世以来、柴山一派が取りしきり、藩札発行を続けてきた政策の見直しと、家中の改革が始まっている。それにつき、五年前、宇潟で起こった札元の商家打ち毀し事件で、元郡奉行竹本英左衛門以下に下された、処罰の見直しも進められ、先般、竹本家分家に対し、本家竹本家の再興、並びに郡奉行拝命の内示があり、至急、江戸の長吉を呼び戻すよう分家より知らせがきた、とあった。妻子の様子は、母子とも健やかにて候。

と、一文があるのみだった。

そうか。国へ帰ることが許されたか。

長吉は郷里に残している妻と子を思い、心底安堵した。

しかし、同時に長吉は、侍とは何か、とぼんやり考えた。去年のおよそ一年、関東八州の農村を巡廻し見聞きした記憶が、長吉の心の中にどっかりと残っていた。重たい荷物を抱え込んだ。その荷物は捨てるわけにはいかない。長吉の心はそんな境地にあった。

短いようで長く、長いようでも果敢なく短かった江戸暮らしで世話になった住人や、町役人らに挨拶を済ませ、馬喰町の附木店の請人宿にも顔を出し、ひと言断りを入れた。

六兵衛と多田次治とは、両国の酒亭に誘って惜別の杯を酌み交わした。六兵衛は、

「新しい主人の橋右衛門は、案外に勘定に細かく吝い人で、参りました。けど、もうわたしはこの歳ですから、我慢して奉公するしかありませんよ」

と、寂しそうな苦笑いを浮かべて言った。

六兵衛は新しい主人の橋右衛門に、足柄峠の事件の顚末を何も話していなかった。新しい主人の機嫌を損ねるわけにはいかないのですよ、とも言った。

意外だったのは、臨時の関東八州取締役だった西野武広が、正式に関東八州取締役に任じられ、今年、天保二年六月の八州廻りの出立に、次治が足軽に雇われる話が決まっていたこ

とだった。

「西野様は塩原の元湯で、あの通り失態はあったが、道助おたみ一味の始末がどうにかつい て、失態が有耶無耶になって助かった。あれで青二才の足軽じゃあだめだと思ったらしい。蕪木様の一件が評判になったもんで、おれに足軽勤めのお声がかかったのさ。というわけで、おれは六月からまた、一日銀一匁の肥溜臭い関東八州の農村廻りさ。いやだね。働き口がないよりはましだがね」

次治はそう言って笑った。

二月の半ば、長吉は江戸を発った。

板橋宿をすぎ、戸田の渡しで荒川を越え、中山道をとった。郷里の宇潟へは、中山道の高崎から上州路をとり、三国峠を越え越後に向かう旅である。

しかし、長吉は中山道の熊谷宿から新田郡への脇往還に道を変えた。熊谷宿を早朝の暗いうちに発ち、上利根の妻沼の渡船場を上州へ渡り、小泉、木崎をへて、綺麗に晴れた北の空の下に、足尾山嶺や彼方に上州の山々を望む、新田村に入ったのは、その日の遅い午後だった。

年が明けて十歳の新田村の杉作は、叔父の松二郎おかや夫婦の世話になっているはずである。長吉は、江戸を発つとき、新田村の杉作を訪ねることに決めていた。

松二郎の住まいを訪ねる前、今は松二郎が預かり耕し、いずれ杉作が耕すことになる田んぼへ行った。新田村の集落はずれの小さな田んぼだった。ぷん、と肥えた土の臭いがした。周りには、いく枚もの田畑が続く彼方に、小さい集落や鎮守の杜(もり)や、百姓林が見えていた。

田のくろ先の田んぼに、編笠を被り、痩せた小さな身体には大きすぎる風呂鍬(ふろぐわ)を揮(ふる)っている農夫が見えた。農夫はたったひとりで、懸命に風呂鍬で田んぼの黒い土を起こしていて、田のくろを近づいて行く長吉に気づかなかった。長吉は田んぼのだいぶ手前の田のくろから、農夫へ声を投げた。

「杉作、精が出るな」

杉作は鍬の手を止めて顔を上げ、編笠の下の笑顔をはじけさせた。

「長吉さんでねえか。いつきたんだ」

と、風呂鍬を提げ、ごろごろした土を踏んで田のくろのほうへきた。

「今きたばかりだ。杉作はきっと田んぼだろうと思ってな。やっぱりいたな。荒起こしをやっているのか」

「んだ。株割と荒起こしは、田んぼ仕事の基だ。荒起こしをちゃんとやれば、田んぼに草が生えにくくなるんだ。松二郎さんに教えられた。そうと知ったら、荒起こしをちゃんとやらなきゃならねえ。小さな田んぼでも、ここは、ご先祖様から受け継いできた、うちの田んぼだからな」

「そうだ。ご先祖様からのな。松二郎叔父(おじ)さんとおかや叔母(おば)さんとは、うまくやっているか」

「大丈夫だよ。妻沼から戻ったあと、八州様が、松二郎さんとおかやさんに、いろいろ言ってくれたお陰で、叔父さんも叔母さんも、おれにうんと低姿勢になったんだぜ」

長吉はふっと噴いた。

「今は、収穫の質入れした分を返し終えるまでの我慢のときだ。質屋の分を返し終えたら、なるべく叔父さんと叔母さんの世話にならず、おれひとりで田んぼを守って行くつもりだ。それに、叔父さんと叔母さんに世話になった礼を、早く一人前になって、少しはしたいしよ」

「すぐにそうなる」

長吉は笑顔で言った。

「長吉さん、今年も八州様の足軽奉公で、見廻りにきたのかい」

「そうじゃない。八州様の足軽奉公は、もうやめた。それに、去年、八州様も亡くなられたしな」

杉作は、えっ、と意外そうな顔をして、長吉を見つめた。

「むずかしいことが、去年の暮れにあって、亡くなられた」

「ふうん、そうだったのか。八州様は死んじまったのか。恐い八州様だったけど、おれみたいな子供でも、案外に親身になってくれたでな。お役人様にしては、できた人だったんだけどな。なら、長吉さんは、今どうしているんだい」

「じつは、郷里の宇潟に帰ることになった。北国の小さな大名家だが、また、お城のお役目に就けそうなのだ。今は国へ帰る旅の途中だ」

「ふうん。八州様の足軽奉公をやめて、お国のお城勤めをするのか」

「国へ帰る前に、杉作に会いたくなってな。杉作がどうしているか、気になった。それで寄り道をした」

長吉は菅笠を上げ、上州の北の山々と、天道が西に傾いた夕方の空を見廻した。空に浮かぶ千切れ雲の片側が、赤く染まっていた。

「綺麗なところだな。関東八州は広い」

長吉はしみじみと言った。

「おれはこの通り、ちゃんと百姓をやってるぜ。博奕(ばくち)はもう足を洗った。百姓仕事に精を出したら、博奕なんかやってる暇がねえんだ。それから、妻沼の無縁塚の、母ちゃんの墓も村に作りてえし、万が一父ちゃんが戻ってきたら、許せねえけど、だからって、追い出すわけにもいかねえだろう。それと、百姓仕事だけじゃなくて、妻沼の木太郎さんみてえに、新田村で古着屋を始めようと思うんだ。妻沼の木太郎さんの店から古着を仕入れて、新田村で売るんだ。売れ行きがよけりゃあ、江戸へ仕入れに行ってもいいし。まずは、古着屋の商(あきな)いのこつを、木太郎さんに習わねえといけねえけどさ」

「農間渡世の古着屋か。考えることが沢山あるのだな」

「長吉さんにいろいろ心配かけた。そうだ。今晩、長吉さんの宿はどうするんだい」

「まだ決まっていない。木崎へ戻れば、宿は見つかるだろう」

「だったらうちへ泊れよ。おれ、今は自分の店でひとりで寝起きしてるんだ。米とか麦とか菜とかは、叔父さんの世話になってるが、自分で飯を炊いて菜も作るんだぜ。小百姓のぼろ店だけど、掃除も洗濯も自分でやってるし、布団だってあるぜ。ひとりのほうが、気を遣わなくていいんだ。父ちゃんの残して言った双紙なんかもあって、これが案外に面白えんだ。ただ、酒はねえが、酒屋で買ってくる。長吉さん、うちへ泊っていけよ。あれからもいろいろあって、積る話があるのさ」

「積る話か」

「よし、決まりだ。行こう、長吉さん」

杉作は、身体に比べて大きな風呂鍬を肩に担いだ。田のくろに上がり、長吉を手招いた。

翌日、長吉は三両を包んで杉作に差し出した。

「わずかだが、これは宿代と、杉作の門出の祝儀だ。取ってくれ」

「え、こんなにかい。長吉さん、気ぃつかわして済まねえな」

杉作は大人びた口振りで礼を言い、遠慮しなかった。そして、

「こっちは貧乏暮らしで餞別は贈れねえが、にぎり飯を作っといたぜ。旅の途中で食ってく

れ」

と、竹皮で包んだ、朝炊いた飯の温もりが掌に伝わる、大きなにぎり飯をわたされた。

「美味そうだ。馳走に相なる」

むろん、長吉も遠慮しなかった。

長吉は新田から伊勢崎、前橋まで出て利根川を渡り、三国峠へ上州路を行くつもりだった。

「長吉さん、村はずれまで送るぜ」

杉作は長吉を見送ると言って、聞かなかった。

しかし、杉作は村はずれまできても、もう少し、と言って戻らなかった。村はずれどころか、木崎、境、伊勢崎の近くまできて、杉作はようやく、

「おれはここまでだ。長吉さん、達者でな」

と言ったのだった。

「ああ、ずい分遠くまでありがとう。杉作も達者でな」

長吉と杉作は伊勢崎の手前の街道で別れた。そうして長吉は一町余ほど行き、ふと、こし方を懐かしむように後ろを振り返った。

すると、街道の彼方には、まだ小さな杉作が佇んでいた。杉作は長吉へ懸命に手を振って寄こし、それから坐り込んで、腕の中に顔を埋めたのだった。

本書は書下ろし作品です。

——編集部

切りとり線

あなたにお願い

この本をお読みになって、どんな感想をお持ちでしょうか。次ページの「100字書評」を編集部までいただけたらありがたく存じます。個人名を識別できない形で処理したうえで、今後の企画の参考にさせていただくほか、作者に提供することがあります。

あなたの「100字書評」は新聞・雑誌などを通じて紹介させていただくことがあります。採用の場合は、特製図書カードを差し上げます。

次ページの原稿用紙（コピーしたものでもかまいません）に書評をお書きのうえ、このページを切り取り、左記へお送りください。祥伝社ホームページからも、書き込めます。

〒一〇一―八七〇一　東京都千代田区神田神保町三―三
祥伝社　文芸出版部　文芸編集　編集長　坂口芳和
電話〇三（三二六五）二〇八〇　www.shodensha.co.jp/bookreview

◎本書の購買動機（新聞、雑誌名を記入するか、○をつけてください）

＿＿＿新聞・誌の広告を見て	＿＿＿新聞・誌の書評を見て	好きな作家だから	カバーに惹かれて	タイトルに惹かれて	知人のすすめで

◎最近、印象に残った作品や作家をお書きください

◎その他この本についてご意見がありましたらお書きください

１００字書評

住所

なまえ

年齢

職業

雇足軽　八州御用

辻堂 魁（つじどうかい）
1948年、高知県生まれ。早稲田大学文学部卒業後、出版社勤務を経て執筆業に入る。2010年に刊行された『風の市兵衛』（祥伝社文庫）がシリーズ化されるや、圧倒的支持を得る。18年には連続テレビドラマ化され、〝そろばん侍〟が人気沸騰、お茶の間に熱狂的ファンを生んだ。著書に『乱れ雲』『寒月に立つ』『斬雪』『春風譜』『母子草』「日暮し同心始末帖」「花川戸町自身番日記」シリーズ他多数。

雇足軽 八州御用（やといあしがる はっしゅうごよう）

令和5年9月20日　初版第1刷発行

著者———辻堂 魁（つじどう かい）

発行者——辻 浩明

発行所——祥伝社（しょうでんしゃ）
〒101-8701 東京都千代田区神田神保町3-3
電話 03-3265-2081（販売） 03-3265-2080（編集）
03-3265-3622（業務）

印刷———堀内印刷

製本———ナショナル製本

ISBN978-4-396-63650-0 C0093
祥伝社のホームページ・www.shodensha.co.jp

祥伝社